異世界で鬼の奴隷として可愛がられる生活　1

Sai

サイ

Ruby collection

Contents

登場人物紹介

リン（本名：凛《りん》都《と》）

幼い頃に異世界召喚された渡り人。
奴隷として虐げられてきたため、
心を閉ざしている。
魔力が空のため、ロイの魔力の
受け皿として買われた。

ロイ・ナサリー・ヴェルデ

ヴェルデ侯爵家当主。
桁違いの魔力量で鬼人族を束ねる。
豪快な性格で、人間の繊細な心の
機微に疎いが、リンのことは
過保護に溺愛している。

アイン・カーター
ヴェルデ侯爵家の家令。
吸血種。冷静沈着な判断で、
感情で動く主人を影で支える。
リンには優しい。
リューエン
ヴェルデ侯爵家の騎士団長。
腕っぷしは強いが、リンに
毎回お菓子を土産に買ってくる
マメな所も。
クレン
ヴェルデ侯爵家の使用人。
鬼人と竜人のハーフ。
気さくな性格で、
歳が近いリンの世話を焼く。
ウーディブ・シュタイン
シュタイン商会の商会長。
奴隷時代のリンの
４人目の主人。再会した
リンに執着してくるが…？

異世界で鬼の奴隷として可愛がられる生活　1

第1章

1　鬼の奴隷になる

暗く汚い鉄格子の中で、俺は無気力に宙を見つめていた。

一体いつまで、この馬鹿げた世界で生きていかなくてはいけないのだろうか。

身動きすると、じゃらりと鎖の重い音が鳴る。

首輪に繋《つな》げられた鎖は、寒さの中で肌を更にみじめに冷やした。

少し離れたところで、集団が身を寄せ合って暖を取っている。

その仲間に入れてもらえないのはわかっていたから、俺は一人で膝《ひざ》を抱えた。

指先の感覚はとうにない。横になったら石畳が体温を奪うから、いつもこうして丸まって目を閉じる。できるだけ早く眠ってしまえれば、また明日の朝になって一日が始まる。

死ぬこともできず生かされる日々が……。

遠くから足音が聞こえてきた。数人の足音だ。

食事の時間は朝と夕方だけだから、とうに終わっている。鉄格子の中に一斉に緊張が走った。

「――こちらでございます」

この声は奴隷商人の主人の声だ。滅多に自分達の前に現れることはない。

ということは、客が来たということだ。

灯《あか》りが近づいてくる。

無駄だとわかっているのに、つい壁際に寄ってしまう。

数日前に買われていったのは屈強な男の獣人だった。奴隷兵にすると言って連れて行かれた。力ある男はそれなりに高値で売れる。

その前は綺麗《きれい》な羽を持った鳥人の奴隷が、観賞用として買われていった。

一番多いのは単純な働き手としての売買で、定期的に売られていく。

この世界で奴隷の売買があるのはごくごく、一般的なことらしい。貴族でなくとも多少裕福な家庭であれば、奴隷が一人いるのは普通だとか。

灯りに照らされ、物色されているのがわかる。主人が奴隷を紹介している声が聞こえた。

「現在ここにおりますのは狼《おおかみ》の獣人が五人、豹《ひょう》の獣人が二人です。どちらもまだ傷のない若い個体です」

「あちらにいるのは人間ですか」

客の声。

自分のことだ。びくりと体が反応する。

「――ああ、あれは渡り人です」

「渡り人が、奴隷に……？」

「はい。一通り調べたものの、結局使い道がなかったようで」

「まだ若いですね」

「えー、十八ですね。どこかの貴族の家で損害を出したとかで」

「犯罪奴隷ですか？」

「いえ、負債からの身売りです。何度か売れたんですが、なにしろできることがほとんどなく……返品されてきてまして」

おすすめはできません、といった言い方だ。

思わず拳《こぶし》に力が入る。

勝手に要求して、勝手に失望した後はいつもひどいものだった。

異世界から来た渡り人は、様々な知識と技術をもたらし国に恩恵を与える。そう言われているから、自分もここへ来てすぐに偉い人に会わされた。

でも、俺がこっちに落ちてきたのは十二の時。小学校卒業を目前にした、ただの子供だ。自分の住む街のことすらよくわかっていない。

色々聞かれて、ほとんどの質問に答えられなくて、その度に困ったような顔をされて。

――君は一体、何の役に立つんだね。

あの残念なものを見るような顔。そして侮蔑《ぶべつ》。

そのうち、持て余して放置された。

みんな、あれはどうなってる、これはどうしたらいいと聞いては、がっかりした顔をしていく。

「用途は下働きということですので、あちらの獣人が健康でよろしいのでは」

「いえ、あの人間にします」

「よろしいのですか？　――魔力も皆無の人間ですが」

「ええ、構いません」

「――おい、出ろ」

ああ、次の行き先が決まってしまった。

俺は震えそうになる手を握りしめ、ゆっくりと立ち上がった。

しばらく小さくなっていたから筋肉が固まりふらつきながら外に出る。首輪から繋がった鎖は、奴隷商人の主人が握っていた。

「――小さいですね」

灯りの側《そば》に行き、物色するような視線に耐える。

これで買われるのは五回目だ。

次はどんな仕事だろう。

鞭打《むちう》つ主人でなければいいが……。

「この者の名は？」

「まいど、ありがとうございます。リンと申します」

主人が鎖の持ち手を恭しく渡す。

暗い室内に黒い服でわかりにくいが、眼鏡をかけた長身の男だった。服装からして、仕える主人のいる人間のようだ。

「言葉はわかるのですか」

「はい。——おい、お答えしないか」

俺はギシギシと軋《きし》みそうな体をゆっくりと折り曲げて頭を下げた。

「リンです。よろしくお願いします」

「——手続きしておいてください。私は先に連れて帰ります」

「はい」

使用人か護衛か、付き添っていたでかい男が短く返事をし、頭を下げた。


そのまま外に出され、馬車に乗るように促される。

夜の店先に、特徴のない黒い馬車が目の前にあった。家紋は隅の方に控え目についているだけだが、汚れ一つない新しい車体に、健康そうな毛艶《けづや》のいい馬。

かなり裕福な家だろうということはわかる。

男が先に乗り込み、乗れと目線で指示されるものの、汚しそうで躊躇《ためら》う。横を走らされたことはあっても、馬車に乗せられたことなんてかなり昔にあったきりだ。

「どうしました？　早く乗りなさい」

灯りのもとで見ると男はまだ若い、三十代くらいですらりとした体躯《たいく》をしていた。暗めの茶色い髪を後ろに流し乱れ一つない。

眼鏡の中の目が鋭く自分を見ていると、知らず体は強張《こわば》った。

「あの……汚れます……」

汚して叱《しか》られるのではないかと思う。

「貴方《あなた》の気にすることではありません」

ぴしゃりと言い捨てられ、拒むこともできない。それでも無理に鎖を引っ張られないだけましだ。それをされると息もできないくらい苦しいし、欠片《かけら》ほど残ってる自尊心もズタズタになる。

俺がそろそろと乗り込んで座るのを見てから、男は壁を叩《たた》いて合図を送る。馬車は緩やかに進み始めた。

「私はヴェルデ侯爵家の家令をしています、アイン・カーターといいます。カーターと呼びなさい」

「――はい。カーター様」

「リン？　返事をする時は目を合わせてください」

俺はびっくりしてカーターという男を見た。

今まで四回の奴隷生活で、目を合わせろと言われたのは初めてだった。むしろ目が合えば叱られた。何が正解かわからないが、主人が変わる度にその主人の言うことに従わねばならない。それを覚えるまで、いつも叱られ、能無しと罵《ののし》られる。

うんざりだが、従うしかない。

「申し訳、ありません……」

カーターは謝罪を黙って受け取った。

何を言われるでもなく余計不安になる。

しばらく沈黙が流れてから、カーターは静かな声で言った。

「我々のご主人様は、ぐずぐずと曖昧《あいまい》な者を嫌います」

「はい。あの……目を合わせても、不敬じゃないんですか」

「用もないのにじろじろと見てはいけませんが、会話や返事に目を合わせないのは卑屈に映るでしょう」

卑屈。

逆にどうすれば卑屈にならずにすむのか教えて欲しいくらいだ。

人間扱いなんてされず、ただ言われたことをやれと言われ、それすらも罵倒《ばとう》される日々。お前にできることなど何もないのか、役立たずと言われ返品されて。

死ぬこともできずただ一日が過ぎるのを気の遠くなる思いでやり過ごしているだけだ。

馬車はやがて停止した。

屋敷に着いたら鎖は外され、カーターの後に続くよう言われた。

鎖はなくとも、どうせこの首輪があれば逃げられない。

主人に逆らえば恐ろしいほどの苦痛がもたらされる。それで何度も、死んだ方がましだという苦痛を経験した。それなのに自分から死ぬことはできないのがこの奇妙な魔力のこもった首輪だ。

端から端まで見えないほどの、恐ろしく大きな屋敷に入り、忙しそうに働く使用人達を横目に通り過ぎる。どうやらヴェルデ侯爵というのは高位の貴族のようだ。それも、かなり裕福な。

まず連れてこられたのは風呂《ふろ》だった。

風呂に入れと言われたのも高位貴族だからかと思ったが、その手伝いにと若い男二人に洗われたのは衝撃だった。

温かい湯船に浸《つ》かりながら全身を柔らかな布で、丁寧に洗われていく。

「あの、俺、自分で……」

「わたくしどものお仕事ですので」

確かにものすごく手慣れている。

丁寧で物腰も柔らかいが、この二人も大柄な部類だった。この屋敷の人間はみんな大きい。

傷んだ髪を切ると言われて、髪も短く切り揃《そろ》えられた。

羞恥心《しゅうちしん》もこの六年ですっかりなくしたし、もうどうでもいいという気持ちの方が大きいから、身を任せることにした。

身綺麗になって、肌触りの良いシャツとズボンだけの楽な格好になった。

白いシャツなんて、何年ぶりに着ただろう。下働きはすぐ汚れるから、こんな真っ白のシャツなんて着ない。三つ目の場所では、服を支給されずひたすら薪《まき》を割ったり掃除をしたりしていた。てっきりそんな仕事をすると思っていたのに。

しかも、連れてこられたのは誰かの私室だった。

四人くらい寝られるんじゃないかっていうキングサイズのベッドと、見たこともないほど重厚な刺《し》繍《しゅう》の施された天蓋《てんがい》。艶やかに光る調度品、机と椅子。ふかふかの巨大なソファ。

これは明らかに――。

「ここは……」

「ご主人様の寝室です」

カーターは身支度の終わった俺を連れて慣れた様子でこの部屋へ招き入れた。

こうやって、奴隷を身綺麗にして連れてくるのはよくあることなのかもしれない。

「俺は、ここで、何を」

風呂に入れられて、こんなところに通されるってことは――。

嫌な予感が背筋を寒くさせた。

息苦しさを感じて無意識に首に手を伸ばす。鎖の重みがなくなっても首輪はまだそこにあり、金属の重苦しい感触が指に触れる。

「貴方の役目はご主人様の小姓《ペイジ》です」

「小姓……」

あまり聞きなれない言葉だ。

「その顔は――小姓を知らない？」

「はい……」

そんなことも知らないのか、と言われるかと思ったが、カーターは説明を始めた。

「小姓というのは、貴人の側近くに控え、身の回りの雑用をする者のことを言います」

身の回りの雑用？

着替えも風呂も、それ専用の使用人がいるようだった。

じゃあ俺の仕事は……？

具体的に何をすればいいのかわからない。

「あの、それで俺は、何をすれば……」

「ご主人様からのご下命に、その時々で従えばよろしいでしょう」

「どんなことを命令されるんですか」

「さあ、それは……」

考える素振りのカーターが言葉を濁しているのか、本当にわからないのか判断がつかない。

夜の相手をさせられるのかと聞きたいが、何と聞いていいものか。聞いたからといって逃れられるわけではないだろうが。

混乱する頭にカーターの言葉が入ってくる。

「小姓と言えば本来はもう少し若い男子がなるものですが、ご主人様は鬼人ですので――」

そこまで言ったところへ、ガタン、と大きな音と共に扉が開け放たれた。

「アイン、お前、人間の子供を連れてきたんだって⁉」

低く掠《かす》れたような声だった。腹に響いてくるような圧のある声だ。

カーターも長身だが、それより更に高い。

二メートルはあるだろう長身に、加えて筋肉質な巨躯《きょく》だ。胸板の厚さも腕の太さも、服を着ていてもわかるほどだ。

大きすぎて見上げる勇気も出ない。

びりびりと圧力を感じ、俺はうつむいて後ずさった。

「ご主人様。お帰りなさいませ」

「お前……まさか、そいつじゃないよな」

「この子です。名前はリン、十八歳だそうです。――リン、こちらが侯爵家御当主、ロイ・ナサリー・ヴェルデ様です」

「嘘《うそ》だろ？　その小さいのか？　潰《つぶ》しちまったらどうすんだよ」

「そうはいっても、ご主人様。これ以上小さいとそうかもしれませんが、十八歳ですし。かえって下手に強い者の方が、力任せにしてしまわれますので」

「にしてもこれは……掴《つか》んだだけで折れそうじゃねえか」

「折れないようにご配慮くだされればよろしいかと。補足いたしますと、渡り人ということです」

「なんだそれ……」

視線を感じる。

俺はますます小さくなって体を硬くした。

「ご主人様がご自分で選ぶのは面倒だと仰せになったので私が連れてまいったのです」

「いや、まさか人間を連れてくるとは思わねえだろ。魔力も空っぽじゃねえか」

種族によっては、一目で魔力の量を測ることができるらしい。この男もそうなんだろう。

人間はいろんな種族の中でも力が弱い。魔力があればそれも補われるが、俺にはそれもない。

役立たずのレッテルを貼られたのはそれが大きかった。

異世界から来る者は、大体膨大な魔力を持って来るらしいのに、俺には何もなかったから。

「鬼と人間との相性は悪くないはずです」

「お前、それだけで選んだのか」

「獣人など強い者を連れてきて、また屋敷を壊されても困りますし」

「前のあれは……一回だけだろ。まさか嫌がらせじゃねえよな」

「――もう夜も遅いですので、失礼いたします。リンにはまだ何も教えておりませんので、諸々《もろもろ》お任せいたします」

カーターはそれだけ言って行ってしまった。

後に残されて戸惑っていると、はあ、と男のため息が聞こえた。

それだけで、情けないことにびくりと体が縮むのを感じた。

男が歩いて目の前まで来る。顔を上げることができなくて、その足元しか見られない。足だけでも大きい。

「お前、リンって言ったか」

「は、い」

声が上擦っている。

カーターが、目を見ろとかぐずぐずするなとか言っていたのが脳裏を掠めるが、この恐怖はどうしようもない。

「そんなにブルブルされちゃ、何も頼めねえだろ」

顎《あご》を掴まれて上を向かされる。

大きな手だった。顎どころか頬《ほお》まですっぽりと掴まれる。

覗《のぞ》き込まれるように見つめてくるのは、燃えるような赤い瞳《ひとみ》だった。眼《め》だけではなくて、髪も黒と赤の混じったまだら色をしていた。

太い眉《まゆ》、彫りの深い顔。本当にひとひねりで潰されそうな雰囲気だ。

鬼だと言っていた。他に鬼を見たことはないが、角はなかった。少し牙《きば》が大きいように思うくらいだ。あとは、ひたすら、体がでかい。

「ふうん……ほんとに空っぽだな。にしても、渡り人ってのはこんなに黒い目なのか？　悪魔族みてえだな」

前にも言われたことがある。

縁起が悪いとか言って、見るなと言われたのも黒いせいだった。

聞かれたことに答えないと。震えそうになる舌を必死で動かす。

「俺の国では、みんなこの色です」

「へえ。――リン、口を開けろ」

え、と聞き返そうとして、その半開きの口に突然唇を重ねられた。

驚きに全身が固まる。

衝撃に拒否することもできずただ固まっていると、ロイの唇から熱い舌がぬるりと入ってきた。

「――っ‼」

舌まで大きい。

ぬるりと分け入ってきたかと思ったら、味わうように舌を舐《な》め上げられる。硬直した舌にそのまま絡みついてくる。

息苦しくて、どうしていいかわからなくて、握りしめた拳《こぶし》に爪が食い込む。

「息をしろ」

「ふっ、あ」

僅《わず》かに離した唇からそう言われると、つられて息が漏れ、変な声が出る。

ロイがふっと笑ったように思った。それを確認する暇もなく、再び唇を塞《ふさ》がれる。

今度は舌だけではなく、ずるりと上顎を撫《な》でられた。

頭が真っ白になる。

ロイの舌はひたすら味わうように、歯列をなぞり、また舌を絡めてきた。

口の端からこぼれそうになる唾液《だえき》を舐めとりながら最後に唇を舐められて離れて行く。

「おっと」

腰が抜けた。

足に力が入らない。

腋《わき》から腰にかけて片手で支えられている。これじゃ子供みたいだ。

でも、どうにも体に力が入らない。

こんな感覚は初めてだ。力を入れようとすればするほど、膝《ひざ》が震える。

くっくっ、とロイが笑っている。

「お前、口づけだけでこんなになるのか」

「な、で……急に」

腰が抜けただけじゃない。

たったあれだけのキスで、全身の血が沸き立つように興奮してる。体温が上がってるのが自分でもわかる。

視界が霞《かす》んでるから、涙も出てるのかもしれない。

俺を支えていた手がそのままがばりと体を抱き上げた。

突然体が宙に浮いて、慌ててロイの肩にしがみついてしまう。そうすると、体が密着して、下半身がぴったりとロイの腹あたりに当たっているのがわかる。

嘘だろ。それどころじゃなくて、何年もこんな風になったことないのに。よりによって、今？

俺は羞恥《しゅうち》に顔が熱くなるのを感じた。

「小せえな」

ポツリと呟《つぶや》く声が聞こえる。

ロイの太い腕に力が入り、抱きしめられるというよりは締め付けられる苦しさに息が詰まる。

強すぎる縦抱きのまま、俺の首筋に鼻を押しつけ、ロイは大きく息を吸った。

「はあ……うまそうな匂いだ」

まさか。

ぞっとする。

鬼は、人を食べるのか？

体を硬くした俺をよそに、ロイが口を開けるのがわかる。

首筋に当たっている鋭くとがったものの感触は、牙じゃないだろうか。

「――ひっ」

恐怖に身を引こうとするが、締め付けに阻まれて身動きが取れない。

ピリッと鋭い痛みを感じ、同時にぬるりと熱い感触。舐められている、と思うのと、また体中が沸き立つように体温が上がるのが同時。

「あ、あ、あぁ」

分厚い舌の感触に呼応するように、びりびりと体の熱が下半身に集まるのを感じた。

突然襲い掛かってきた感覚に、戸惑いか恐怖か、声が漏れる。

やがてロイが顔を離し、向き合って目が合った。

何が楽しいのか、その顔は確かに笑っていた。それもかなり満足そうに。

「すげえ反応だな、お前。――あ、血が出ちまった。ちょっと当たっただけで破れるのか、お前の皮膚は」

そう言ってもう一舐めされる。

「――っふあ」

変な声が出た。

くっく、とロイがまた面白そうに笑う。

何が面白いんだ。

いつでもひねりつぶせる玩具《おもちゃ》のような扱いをされている気がして、怒りが湧き起こりそうになるのを必死でとどめる。

「悪い悪い。ちょっと舐めただけでそんなになるとは思わなかった。人間ってみんなこうなのか？」

「放して、ください……」

ロイは俺を放さなかったが、抱えたままベッドに腰かけた。

でかい体に抱えられるようにしていると、逃げ場がない恐怖に更に体が縮む気がする。

「おいおい、またぶるぶるするのか。緊張ほぐしてやったってのに」

は？

緊張をほぐすのにキスするのか。まったくほぐれないが？

変な方に興奮してしまっただけだ。

「困った奴《やつ》だな」

大きな手が頭、頬、顎と撫でまわす。そうされるとその手の大きさのせいで、自分が子供にでもなったような気になる。

「はは。手触りも悪《わり》ぃんだな、お前」

「あの、お、俺を……食べるんですか」

やっと聞けた。

ロイの手が止まり、少し沈黙の後、ぬっと伸びた手に頬をつままれる。

「こんなやせ細ったお前を？」

「う、うまひょうって……」

赤い眼で覗き込まれると、身が竦《すく》む気がする。ロイは面白そうに俺の顔をいじった。

「はあ……そうだな。うまそうなんだよな」

にやりと笑って、ロイの手が、やっと落ち着こうとしていた俺の下半身に伸びた。

「――っ！」

驚いて逃れようとするが、やはりびくともしない。

ベッドに倒され、そのふかふかな柔らかさに一瞬うわ、と思う。しかしすぐにロイの大きな手が伸び、胸の上に乗る。片手でさして力を入れていないようなのに、それだけで上体はベッドに縫い付けられたように動けなくなる。もう一方の手がすぐにズボンを下ろし、一気に血の気が引いた。

「動くなよ。牙が当たって千切れたら困るだろ」

に、と笑うとその牙が覗く。あの少し掠《かす》っただけで皮膚を破った牙だ。

上体を押さえる手はそのままに、ロイがゆっくりと口を開け、俺の半勃《はんだ》ちのそこに顔を近づける。

恐怖で叫びそうになったが、声は出なかった。

少しでも動けば本当に噛《か》み千切られるんじゃないかという恐怖で、誰にも見せたことないそこを見られている恥ずかしさも吹き飛んだ。

急所を噛み千切られるんじゃないかという恐怖。

とても見てられない。

俺は恐怖で目を閉じた。すうすうと風を感じていたそこに、生ぬるいものが唐突に這《は》った。

「はあっ……っ」

今まで一度も感じたことのない強烈な熱に、声が上がる。

ロイの分厚い舌が竿《さお》を上下に這いまわる。牙が当たらないように舌だけを慎重に這わせているのだろうか。それでも、舌が大きくて長くて、うごめくような動きにどこをどう舐められているのかわからなくなるくらい、気持ちよくて、頭が真っ白になった。

食べられる。食いちぎられる。

怖いのに、熱くて、気持ちよくて、怖い。

「あ、いや、や……あ、あああ！」

ぬるついた舌が余すことなく動き回り、巻きつきながら無理矢理精を集め引き出すようにする。

俺は一瞬で絶頂に達し精を放った。

あろうことか、ロイはそれを口で受け止め、最後は先端を吸うように刺激した。

びく、びくと体が動き、息を整えて呆然《ぼうぜん》とする俺を見て、ようやくロイは押さえていた手を放した。

口元を拭《ぬぐ》いながらまた面白そうに笑って俺を見下ろしている。

「――早すぎねえか。しかも、すげえ濃さ」

たまらなくなって目を逸《そ》らした。

起きているうちに精を放ったことなど、この世界に来てから一度もなかった。夢精したことはあったが、それもまだ体力的に余力があった何年も前の話だ。

食事も睡眠もろくにとれない中で、性欲など皆無だったのに。

「さて」

ロイが言った言葉に今度こそ何をされるのかと身構える。

そんな俺の体を抱え込み、ズボンをすっと上げ、ロイはベッドに横になった。

「寝るぞ」

「え……」

「何だ、まだし足りないか？」

俺は必死で首を振った。

何が起きたのか、どう動けば正解なのかわからないまま、俺はただされるがままにロイの腕の中でふかふかのベッドに横になっている。

舐められて出しただけだけど。これが、俺の仕事なのか……？

混乱しているとロイが眠そうな声のまま言った。

「こうして寝ると、俺がよく寝れるんだよ。それでいい……」

ロイはやがて俺を腕に入れたまま、寝息を立て始めた。

久しぶりに精を放った疲労感か、ロイのでかい体の温かさのせいか、信じられないことに俺はいつの間にか寝てしまった。


ふと目が覚めた時は真夜中だった。

いつの間に寝たのか。

ぎょっとして体を起こそうとしても、びくともしない。

「じっとしてろ。真夜中だ」

どうやら俺は、こいつの抱き枕になっているみたいだった。

腕も足も、枕のように抱き着かれて身動きが取れない。

この大男の腕の中にいるというだけで冷や汗が止まらない。一体何をさせられるのか。

「何もしねえよ」

考えていることを読んだのかというタイミングだ。

「そんな硬くなるなよ。抱き心地わりいだろ」

だったら離れてくれないか。

思ったのとは反対に、ロイは更に俺を抱き寄せた。硬い胸に顔が埋もれる。背中をトントンと叩《たた》かれて、子供でもあやしているようだ。

そんなことをされても、少しも落ち着かない。

意味もわからず居心地の悪さに何度も身を捩《よじ》りながら眠れない夜を過ごした。

朝になってロイからようやく解放された。

ロイは大きなあくびをしながら俺を放し、胸元がはだけたままで首をぽきぽきと鳴らしていた。

「よく寝た……。抱き心地は最悪だけど。——お前結局寝なかったのか？」

おかげさまで、目が覚めてからは一晩中緊張していた。ぎしぎしと体が鳴りそうなくらい固まった気がする。

「こんなに熟睡したのは初めてかもしれない」

それは何よりだ。

ロイがあまりに満足そうで、そんな皮肉を投げたくなる。

「鬼人は魔力精力が大きすぎて、常に興奮状態にあるからなかなか寝れねえんだ。お前、鬼を見るのは初めてか」

頷《うなず》く俺に、男は続けた。

「まあ、そんなに数は多くないからな。ヴェルデ侯爵は代々鬼の一族だ」

「ご主人様は」

「あー。うちはそんな格式ばってねえから。ロイでいい。俺をそんな風に呼ぶのはアインくらいなもんだ」

「ロイ様」

ロイは満足そうに頷いた。

「魔力ってのは生命活動をするのにも自然と使われるものだ。多い方から少ない方に流れる。お前の魔力は空っぽな上に疲れてるから、程よく流れていくんだろうな」

よくわからないが、ロイが俺に魔力を流しながら寝たらよく眠れるということだろうか。

つまり、俺の仕事、小姓っていうのは。

「あの……俺は……小姓って」

勇気を振り絞った俺に、ロイは少し考えてから一言だけ告げた。

「とりあえず、抱き枕だな」

抱き枕。

その言葉通り、俺はロイの抱き枕になった。

とりあえずという言葉は引っかかったが、ロイは本当に俺を抱き枕にするだけだった。

身の回りの世話をするのが小姓だ、とカーターは言っていたが、ロイはほとんど何も命じなかった。

せいぜいそこのものを取れ、という程度。

俺は自由に過ごせと言われた日中、誰もいない寝室で一日中ゴロゴロとして過ごした。

食事は三食運ばれてくる。

夕方になれば、あの手慣れた二人の入浴係が俺の体を洗いにやってくる。鬼人に入浴の手伝いなどいらないが、客人が来た時のために王都で勉強してきたのだ、と世間話のように言われる。しかも、どうですか、と聞かれる。

俺は慣れてないからよくわからないけど、いいです、とだけ答えた。

久しぶりの人間らしい生活だ。ただ、食事はとてつもなく硬い肉の塊だったり、ほとんど生じゃないかっていう肉だったり。鬼向けなのだろうか、食べられるものは多くなかった。

外に出てもいいと言われたが、そんな気にもなれない。余計なことをして罰を受けたらたまったものじゃない。

夜になればロイが寝室にやってくる。

ちょっと読書をしたり、お茶を飲んだりするロイを壁際から、気配を消して窺《うかが》い見る。

「お前も飲むか？」

そう聞かれたが、できれば構わないで欲しい。俺は黙って首を振る。

「あー、今日は書類だらけで肩が凝った。――リン、肩を揉《も》んでくれ」

そう言ってベッドにうつ伏せになり命じられる。

ベッドが大きいので乗らないと手が届かない。しかも両肩を揉もうと思ったら背に跨《また》がるしかなかった。

慎重に踏まないように乗り越えて、親指の腹でゆっくりと肩を押す。

これが人の肩か？　――いや、鬼の肩か。

まるでぎゅうぎゅうに詰まった砂袋だ。全く指が入って行かない。隆起したそれは筋肉の見本みたいに盛り上がって、肩周りは特に広く感じる。

親指でやるのは無理そうなので手のひら全体で押す。それでも硬くて手応えが全くない。

「――リン？　撫《な》でるんじゃなくて、押すんだぞ」

「あの……押してるつもりなんだけど」

「マジか」

ロイが驚いたように振り返る。

「あー、じゃあ踏んでみたらどうだ？」

踏む？

いいのか？　主人を踏んでも。

やれと言われたらやるしかない。

立つとバランスを崩しそうなので膝《ひざ》で押すことにした。それにしても、硬い。開始三十秒くらいで膝も痛くなってきた。

皮膚の硬さで負けるんだと思う。

「……リン、やっぱいいわ」

少しも気持ちよくなかったらしい。

比較的すぐに諦《あきら》めてくれて良かった。

ベッドから降りようと思ったが、膝は真っ赤になって、無理な圧迫でじんじんと痛む。

仕方なく四《よ》つん這《ば》いでずるずるとロイから離れた。

「何してんだお前……は？　お前、その膝まさか」

「うわっ」

ロイが足首を掴《つか》んで引き寄せる。

軽く引いたつもりかもしれないが軽々と寄せられて、足をロイの膝の上に乗せる形になった。

「真っ赤じゃねえか……え、踏んだだけで？」

「……すみません」

役立たずと言われたような気がして身を竦《すく》める。

「いやいや。こうなる前に言えよ」

言ったらやらなくて良かったのか？

そんなはずないだろう。

やれと言われたことを何も考えずにやるのが奴隷ってもんだ。口答えどころか、考えること自体しない方がいい。

ロイはため息をつきながら膝を撫でた。大きくて熱い手が膝を覆う。

「いくら何でもこれは弱すぎないか？」

ロイはしばらく考えて、ぽん、と手を打った。

「そっか、お前空っぽだからか」

空っぽ。魔力のことだろうか。

「普通は人でも魔力が体を覆ってるもんだ。お前、本当に空っぽだから。剥《む》き出《だ》しで壊れやすいんだろうな。その分寝てても流れていくから楽なんだが」

言われてみれば、自分は病弱で怪我《けが》をしやすいと思っていたけど。例えば二階ほどの高さのある場所から落ちても、他の奴隷はかすり傷程度だった。みんなそんな感じだから自分が弱いだけだと思っていた。

この世界では魔力を纏《まと》っているのが普通ということか。

「ガラス細工みたいだな、お前」

そんな風に簡単に壊れてしまえればどんなにいいか。

そんな考えを浮かべていた俺を、ロイはいつものように抱き寄せて転がった。

どうやら眠るつもりらしい。

最近は後ろから俺を抱きかかえ、髪とか首の匂いを嗅《か》ぎながら眠る。

俺はいつまでも消えない恐怖と、緊張感から体が強張るのを必死で押し留《とど》め長い夜が明けるのをただ待つしかない。

ロイはいつも、比較的すぐに眠った。

無意識なのだろうか、腕の力は少しも緩むことなく一晩中足も絡められ、ひどい時は時折首や肩に舌が這《は》う。

抱き枕だけじゃなくておしゃぶりの機能も求められているらしかった。

更についてない時には牙《きば》が当たって傷がつく。

ピリッとした痛みとその後に来る妙に痺《しび》れるような熱を持った快感が、こうなるといつも俺を苦しめた。

鬼の唾液《だえき》は人にとって何か興奮剤のような効果があるのかもしれない。そうでなければ、舐《な》められたり噛《か》まれたりしていつも一人、前を勃ち上がらせている俺はどうしようもない変態ということになる。

今日はロイの顔がちょうど耳のあたりにある。

よくない体勢だ。

しかしほとんど身動きが取れないので、体勢を変えられたことがない。

耐えるしかない。

ロイの熱い息が耳にかかる。くすぐったいような、変な感覚だ。ロイはいつも無駄に体温が高い。密着したどこもかしこもがロイの存在を感じさせる。

「ふぁっ……」

ロイの舌が耳の輪郭をずるりと滑った。

突然の感触に思わず声が漏れる。

そのまま舌が耳の形を確かめるように、執拗《しつよう》に動き回った。

「う、っん……うぅ」

舌の動きに合わせて、ずくりと下半身に熱が集まりそうになって、必死にそれを散らそうとすると声が出る。

ロイの舌はすす、と動き、耳朶《みみたぶ》を喰《は》み、その下の首筋へと流れた。

首筋の血管に沿って舐められているようで、本能的な恐怖を感じる。

頸動脈《けいどうみゃく》を押さえられているような、捕食者に捕えられた獲物になったような気分だ。

ロイは時々口を開けて、軽く牙を沿わせる。噛むまではいかないが咥《くわ》えるようにして、肌の感触を愉《たの》しんでいるようだ。

寝ぼけてそのままもう少しだけ力を入れられたら。

俺は安らかに死ねるんじゃないかと思う。

そんな夜を何度か過ごしたある夜。

今日も俺を抱き枕とおしゃぶりにしてロイは熟睡している。よく寝られると、毎朝ご機嫌で起きるまで離れない。

この日は珍しく少し腕が緩み、俺はチャンスだ、と目を開けた。首筋を咥えながら寝ているロイの方へ、少し首を伸ばす。

この首輪のせいで、刃物を自分に刺そうとすると手が止まる。高所から飛び降りようとすると足が止まる。

でも、この不確かな方法なら——。
ズ、ズプリ、と音がしたような気がした。
皮膚を突き破った感覚がある。

牙が皮膚を通る感触は、ずくん、と内側から俺自身の興奮をも強制的に呼び起こしていく。

牙の傷だからか、痛みはほとんどない。

首筋から何かが流れていく感触がある。それは温かく、脈打つようで、かなりの血が流れているのかもしれない。

ロイの顔がぴくりと動き、傷を作ったところを夢中で舐めとるようにして——。

「——ん、なんだ……」

血の味にだろうか。いつもはなかなか覚醒《かくせい》しないのに、ロイが目を開け、ギョッとして上体を起こした。

「リン……なんだこの血は……っ、俺、か？」

ロイは素早く俺の首筋を押さえ、外に向かって声を上げた。

「――おい！　誰か！」

俺の意識はうっすらと途絶えた。


「風呂《ふろ》担当から、傷が日に日に増えているとは聞いていましたが……」

カーターの視線をロイは口元を押さえたままで受け止めた。

「寝ぼけて人を殺すおつもりですか」

「いや、まさか、牙だけで」

「血管まで縫うほどの傷だそうです。気づかなければそのまま死んでいたでしょう」

「嘘だろ……弱すぎる」

ふわふわとした心地でいると、二人が見えた。

カーターと目が合う。

「リン」

カーターの呼びかけにロイが大きな体を揺らして振り返った。力が入らない手を握られる。

「気分はどうだ」

答えようにも、口が重くて開かなかった。思考もまとまらずふわふわと変な気持ちだ。

「――ああ、いい。麻酔が効いているから」

「もともと栄養状態がよろしくないので、貧血の影響も大きいです。しばらくは安静にして療養なさい」

どうやらただの奴隷に、麻酔まで使って治療を施してくれたらしい。

俺は落胆のあまり深いため息と共に目を閉じるしかない。

そんな俺の態度をどうとったのか、ロイは実にかいがいしく世話を焼いた。

はっきり言って放っておいて欲しいし、いない方がよほど気は休まる。

しかしロイは一日中寝室にいるようになり、仕事も持ち込んでここでするようになってしまった。

「欲しいものはないか」

そう尋ねるロイに、返事をしなくても怒られることがなかったので俺はもう黙っていることにした。

定期的にひょい、と抱えられて口元に水を運ばれるので、それは飲むしかない。しかし目の前に果物を突き出されても、食べる気にはならなかった。甘酸っぱい香りはいい香りだと思ったが、それよりももう、疲れてしまった。

空腹もあまりにいつものことだから、もうそれほど苦痛でもない。

首には包帯が巻かれていた。医師らしき者も訪ねてきて傷を診られる。

こんなに丁寧に扱われても戸惑うだけだ。

そのうち、これほどしてやったのにと怒られるのではないかと、怖い。

ただベッドで寝て過ごす日々。抱き枕の役割も免除され、ロイはどうやらソファで寝ているようだった。

ロイの手で体を拭《ふ》かれ、着替えさせられて。

でかいし乱暴にされるかと思ったが、意外と丁寧な手つきだった。

「なかなか回復しねえな」

ロイがいつものように俺に服を着せながら、独り言のように呟《つぶや》く。

良くなったと思ったら今度は高熱に悩まされるようになった。傷から来る熱と言われているが、薬を飲んでも一時的に熱が下がる程度で、なかなか効かない。

傷で熱を出すということ自体ロイには驚きの新発見だったらしい。

「――なあ、渡り人って俺達と食べるもの違うのか？」

ベッドに寝かされず、そのまま抱きかかえられている。今は俺の方が熱があるから、ロイの腕も体温を感じなかった。

ここ数日の世話でロイには慣れた。

図体はでかいが、意外と繊細な手つきで世話をしてくれる。口調は荒いが一度も声を荒らげたり怒ったりするところを見たことがない。

とにかく気を遣ってくれているのはわかる。

今までの主人と違って、無体なことはしないのかもしれない。

信じられるわけではないが、緊張することはなくなった。

「欲しくな……」

久しぶりに出した声は掠《かす》れていた。

「まいったな。なんだったら食べられそうなんだ?」

奴隷の食事なんて放っておいたらいいのに。

「――おかゆ」

「おかゆ? って、なんだ?」

肉だのなんだのは欲しくないし、食べても吐くかもしれない。

病気の時に母親に作ってもらったおかゆの味と香りが脳裏をかすめた。

「お米を、たくさんの水で炊く……」

「へえ……待ってろ」

ロイはひょい、と俺をベッドに寝かせると部屋を出て行った。

お米なんて、この世界に来て見たことがない。

おかゆも知らないんだ。そう思って目を閉じた。


「――私は便利屋ではありません」

「仕方ねえだろ。人間の世話の仕方がわかんねえんだから」

二人の声に目を開けると、カーターが布袋を持って立っていた。

「おはようございます。コメは見つかりましたが、調理法がわかりません」

おはようと言う時間ではない。いや、よく見れば外は白み始めていたが。まだまだ暗かった。

「え……と」

寝起きで状況が把握しきれなかった俺に、カーターがいつもの平坦《へいたん》な声で続けた。

「昨夜、就寝した私をご主人様が訪ねてこられまして、おかゆという、コメを炊いたものを用意するようにと。そこで何でも揃《そろ》う暗黒市に出かけて行きまして、コメと呼ばれているものを手に入れてまいりました。ご確認ください」

ぬっと差し出された布袋の中には、確かによく見知った米があった。

「あ、はい……」

いつの間にかロイが背後に来て、上体を起こして支えられる。

「ですが、炊くというのがよくわかりません。茹《ゆ》でるのとは違うのですか」

いや、知らない。

炊飯器でお米を炊くのしか知らない。昔、停電になった時に母親が鍋《なべ》で米を炊いていた気がするが……。

ロイの手がぬっと伸び、米を一つまみ取って口に入れた。

背後からぼりぼりと音が聞こえる。

「ご主人様。貴重なコメを……」

「食べたことねえ味だな」

生米を食べた……。あられみたいに。

「とりあえず柔らかくすればいいんじゃねえの」

「それでよろしいですか？　リン」

「俺もわからないので……お任せします」

カーターはお辞儀をして部屋を後にした。

ロイはまだ俺を抱えたままだ。

「お前アインとは話すんだな。お前の主人は俺だろ？」

「は……」

不興を買ったかと心配になるが、ロイの手が伸びて額に当てられる。手が大きいから目まで覆われた。

「まだ熱いな。氷いるか？」

俺は首を振った。

「じゃ、飯ができるまで寝てろ」

手はそのままで体を倒される。ロイの腕の中で眠れと言われるのは久しぶりだった。

以前ほど緊張はなくなっていた。抱き枕にされても、体が強張ることはない。

もっとも、今は抱き枕と言うよりはあやすようにトントンと背中を叩《たた》かれているのだが。

眠たくないと思っていたが、いつの間にかまた眠っていた。

体力がないと眠る時間も増えるのだろうか。

体を起こすだけで疲れて息切れするくらいだから仕方ないのかもしれないが、それにしても最近の俺は寝てばかりだと思う。

このまま眠る時間が増えて、目覚めなくなればいいのに。

ふと、懐かしい米の匂いに目を開けると、ロイが食べるか、と聞く。

俺は唾《つば》を飲みこんだ。

この匂い。六年ぶりの、米の匂いだ。

ロイがはは、と笑った。

「お前、初めてだなそんな顔」

起き上がろうとするが力が入らなかった。米が見たくて必死に腕を動かす。

ロイが見かねて起こしてくれた。またいつものように背後に回って、椅子の背もたれになってくれる。

目の前に差し出された器には、間違いなく白い米が白湯の中にゆらゆらと浮かんでいた。

「とりあえず塩だけでスープにしたらしい。食えるか？」

俺は無意識に何度も頷《うなず》いていた。

ロイが口元まで米を運んでくれる。身を乗り出すようにして一口入れて。

ふわりと広がる米独特の甘みと、適度な塩加減に、うまみが鼻まで抜け、俺は声も出せずにぎゅと目を閉じた。

――うまい。

おかゆとも炊いた米とも違うが、味は紛れもない米の味だ。

この世界にも、米はあったんだ。

味覚から一気に記憶が蘇《よみがえ》る。

たくさん忘れていた元の世界の、いろんなこと。当たり前の生活。お母さん、お父さん、姉ちゃん。

ロイはゆっくりと次の一口も運んでくれた。

それを食べながら、鼻がツンとするのを感じる。

味わって食べたいのに。思い出したら、涙が止まらなかった。

「う……ふっ、う、うぅ……」

帰りたい。

ロイがおかゆを置いて、俺を抱き寄せた。

「どうした。つらいのか？」

「う、うう……」

「うまくなかったか？」

俺は必死で首を振った。片付けられたら大変だ。

「う、ううぅ、うえ、えっ……」

嗚咽《おえつ》で声が出せなくなる。食べるって言いたいのに。

涙が溢《あふ》れて、止まらない。

パクパクと口が動くばかりで、ちっとも声にはならない。

ここ数日ろくに声を出していなかったのも悪かったのか、泣くだけで息が乱れる。

ぜえぜえと息が荒くなりながらも涙が止まらないから、もう忙しくてどうしていいかわからない。

顔はぐちゃぐちゃになってひどいことになっていそうだったが、ロイが大きな両手で包み込んできた。

「――大丈夫だ、抑えるな。泣いてしまえ」

覗《のぞ》き込む赤い眼が、なぜか優しく見えた。

「泣いてから、聞いてやるから」

「う、うわあぁぁぁ」

俺は、子供みたいに泣き叫んだ。


俺はまた眠ってしまったらしい。

目が覚めたら、何時かはわからないが明るかった。

「おかゆ……」

二口しか食べてないのに。

そう思って呟いたら、頭上からくっくっ、と笑い声が聞こえた。

見上げるとロイの顔がある。

右腕に俺を抱えて、左手で何やら書類を持っている。

仕事をするならあっちに行けばいいのに。

「よっぽど気にいったんだな。おかゆ？　ちゃんと置いてるぞ。持ってくるか」

俺は強く頷いた。

ロイは真顔になって俺の顔をすっとこすった。

「俺に何か言いたいんじゃねえのか？」

目の周りがひりひりするから、きっと赤くなってるんだろうな。

「ガリガリなのに顔だけむくんで、今のお前の顔やばいぞ」

ロイがすっと首の包帯を撫《な》でる。

「俺のせいだよな……悪かった。弱いってわかってたのにな。お前、この牙《きば》怖がってたのに」

怖かったのは牙だけでもないし、微妙に違うが、そこは黙っていることにした。

訂正するのも面倒だ。

「今日までも回復のために時々魔力は流してたんだが……リン、少しは慣れたか」

この添い寝の話だろう。緊張で身構えるほどではなくなった。

いいように解釈されても困ると身構えるが、ロイはふっと笑って頭を撫でた。

「心配するなよ。もう寝ながらはやらねえから」

そうか。抱き枕はお役御免か。ということは、あの変な気分になることもないということだろう。

ちょっとほっとする。

でも、そうなると……俺の仕事はどうなるんだ。

また戻されるんだろうか。

その想像に背筋が凍る。

寒くて暗くて痛くて、冷たくて、固くて……倒れるまで働かされる、あそこに、戻されるんだろうか……。

「リン？」

呼びかけと共に頬を撫でられてはっとする。

「とにかく、よく食べて、よく寝ろ」

ロイはそう言って部屋を出て行って、しばらくしてからまたあのおかゆに似せたスープを持ってきた。

今度は自分で食べられそうだったのに、結局また同じように口まで運ばれて。

おいしくて完食した。

俺よりもロイが嬉《うれ》しそうだったから、この鬼が一体何を考えているのか、全くわからなかった。

仕事をさせるはずの奴隷なのに、逆に世話をして何が楽しいんだろうか。

「これ、どうだ？」

そう言って見せたのは煮物のような小鉢だった。何かの根菜と葉物だ。

こんなあっさり料理、ここへ来て初めて見た。

「アインが調べてきたんだ。人間は野菜を食べるんだろ？」

「鬼人は、食べないの……？」

奴隷の時は、みんなパンと具のないスープだったから気づかなかった。種族によって食べ物が違うなんて。

「まあ、嗜好品《しこう》だな。普段食べるのは肉類だ。あと……」

じっと見られてドキリとする。やっぱり人間？

「よく考えたら、お前のこの歯じゃ、肉なんて食べられねえよな」

そう言ってロイの指が俺の歯をなぞる。不意打ちで口を閉じられなかった。

あんなに硬くなきゃ食べられるが。

今思えばあの巨大な塊肉も、生肉も、ロイの歯をもってすれば難なく食べられるのだろう。

「ほら」

刻まれた煮物を、スプーンですくって目の前まで持ってこられる。

おかゆスープが腹に入ったせいか、まだ食べたいという気持ちになって恐る恐る口を開けた。

うまい。

優しい味だった。

「魚の出汁《だし》で炊いたって言ってたぞ。知り合いの人間に調理法を聞いて」

初めて作ったようだ。ということはこの屋敷には人間がいないのだろうか。

結局、ちびちびとながら完食してしまった。

ロイなら一口で食べるところをかなり時間をかけて食べてしまったが、ロイは根気強く食べさせてくれた。

少しの量なのに、ちょっと気持ち悪くなる。

ロイが食器を片付けている間にたまらなくなって横になった。

胃がびっくりしてる。

もう何年もろくなものを食べていないんだから無理もないのかもしれない。

うっ、とえずく。根性でせり上がってくるものを飲み込んだ。

吐いてなるものか。せっかくのおかゆ。

煮物が悪かったのか。いや、単純に食べすぎか。

「——リン!?」

「う、うぅ……」

抱き起こされ背中をさすられる。

「どうした？　吐きそうなのか？　我慢するな。出せ」

俺は口を押さえて首を振った。

放っておいてくれ。

しばらくそうして、せり上がってくるものが何とか落ち着いてくる。

まだ気持ち悪いが、吐くほどではない。

すごいな、根性で何とかなった。胃酸で食道のあたりは鋭く痛むが、痙攣《けいれん》するような渦巻くような腹具合はおさまった。

息を整えて体を起こす。力を入れすぎて喉《のど》周辺の筋肉が痛かった。

汗で張り付いた髪をよけた後、ロイははっとして俺の首の傷を押さえてきた。

「また――」

ロイが呟《つぶや》く。俺を覗き込むロイの顔が……なんて顔してるんだ。

じわりと広がる温かみに、どうやら傷が開いて出血したのだと気づく。

「――おい、誰か!!」

近くで叫ばれたら頭に響くからやめて欲しい。

そう思っていたら、頭からすうっと血の気が引いていく気がした。

圧迫するロイの手が強すぎて痛い。

手を放して。

そう言ったつもりだったのに、声は出なかったらしい。

情けないことに、俺はまた意識を失った。


「弱すぎる!」

ロイの大声にぱちりと目を覚ました。

「ご主人様、声が大き――あ、目が覚めましたね」

体を起こそうとしてロイの手に止められる。

怒っているような声だったが、その手は優しかった。

また、カーターとロイに見下ろされていた。いい加減このパターンも何回目だろうという気がしてくる。

「リン。どうだ？　気分は」

頭が重い。この感じは前にもあった、麻酔の酩酊《めいてい》感に似ている。

眉《まゆ》を寄せて目を閉じた。

「――傷が開いたので、もう一度縫い直したんですよ。そもそも傷も膿《う》んでしまっていたので、開いて洗って縫い直しています。栄養がとれていないから、なかなか傷が治らない」

「このままだと、体力が消耗して命も危ないぞ。何なら食べられる？　コメは大量に買ってきたからな」

「とりあえず、眠った方がよろしいでしょう」

俺は目を閉じた。

「アイン。あの奴隷商のとこ行ってきたのか？」

ロイの台詞《せりふ》にドキリとする。

「はい。他の獣人と同じように扱っても特に問題はなかった、と言われました」

「こんなに弱《よえ》えのにか？」

「しかし、確かにご主人様が頸動脈《けいどうみやく》を噛《か》み切《き》るまではそれなりに生活していたわけですし」

「――？　っ、わかってんだよ。俺のせいなんだろ」

どうやら、返品の相談ではないらしい。ちょっとほっとする。

「まあ、確かに、傷が治らないというのは……人間特有なのかもしれませんね。人間の医者を探してみましょう。ご主人様の魔力を流してもさして効果を感じませんし。傷が膿むというのも我々にはなかなかないですから……薬剤も持ち合わせていませんので」

「頼む」

ロイの大きなため息が聞こえる。

そっと額に冷たい布を載せられた。

「おかゆ作ってやるから……早く元気になれよ、リン」


人間を久しぶりに見た。

俺が異世界から落ちてきて取り囲んだのは人間達だったから、六年前はよく見てたんだけど。

穏やかな笑い方をする、中年の男性だった。白髪混じりの髪を一つにくくって、白衣みたいなガウンを着ている。

その人間の医者が俺を担当するようになってから、解熱剤も化膿止め《かのうど》も、体に合ったものを処方してもらえて劇的によくなった。

俺は死ぬのを諦《あきら》めるしかないだろうなと、漠然と思った。

食事もその医師によって指示されているらしく、極めて人間らしい食事が出てきた。

魔力のない人間というのも、一定数この世界にはいるらしい。

その医師は、魔力の流れをタンクと蛇口に例えて教えてくれた。

「リン君のタンクはほとんど平坦《へいたん》で、入る余地がないと思ってください。蛇口はあるので、そこに直接注ぐことはできますが、君の場合は蛇口も小さい。よって、せいぜい疲労の回復を助けたり、といった程度の使用しかできないでしょうね」

消費するのみで、それも少しずつ、ということだ。

渡り人の中には、この世界の者ではありえないほどのタンクの容量に蛇口の大きさを持って落ちてくる人がいて、そういう人はいわゆる『勇者』とか『聖女』というやつで歴史に名を残すほどの偉人なんだって。

俺が来た時のあの期待に満ちた奴らの目は、そういうことだったんだ。

米も調理法が増え、リゾットだったり、蒸したものだったり。どうやら俺は米好きと思われてるらしく毎食米が出てくる。おかゆもどきも毎日食べた。

ロイは近頃、変なものばかり運んでくるようになった。

紫色したゼリー状の何かとか、青い目玉みたいなぷつぷつの卵とか……何なのか怖くて聞けないけど、医師も驚きつつ食べても良いと言うから、きっと滋養強壮系の何かなんだろう。

そんな療養生活を送って。多分、二週間くらい経《た》って、俺の包帯は外れた。


「──ふむ、いいですね。塞《ふさ》がりました」

「ありがとうございました」

包帯が外れて、そこに触れてみる。

ぷっくりと盛り上がった傷跡はあるが、もうすっかり乾いているようだった。

「ああ、痒《かゆ》くても掻《か》いてはいけませんよ」

「もう動いてもいいのか？」

保護者のように横に張り付いて包帯が外れるのを見ていたロイは、まじまじと傷を確認して医師に尋ねる。

「はい。入浴も運動も、普段通りで大丈夫でしょう」

痒ければ塗るように、と軟膏《なんこう》を渡される。

「十八歳、ということですが、成長期に栄養が足りなかったのでしょうね、骨格も筋肉も未成熟です。無理のない範囲で栄養をしっかりととらせてください」

「ああ。人間は雑食なんだろ」

ロイの手元には『人間の生態』という本。

なんだそれは。飼育本みたいな。

「はい。バランスよく食べ、夜はよく眠り、陽《ひ》の光を浴びてください」

「また色々とってきてやる。明日はあれにするか？　フレアドラゴンの睾丸《こうがん》」

ん？　なんて言った？

本を凝視していてた俺は聞き間違いかとロイを見上げる。

「よく食べてただろ？　ちょっと前に出した、赤いコリコリしたやつ。フレアドラゴンの睾丸――っ
おい、吐くのか？　気持ち悪いのか!?」

「侯爵様……」

医師が残念そうな顔をしている。

吐いたってとっくに消化されてる。わかってる。気持ち悪いだけだ。

「嫌なのか？　じゃあ、あっちにするか？　ヒトデコウモリの――」

「あの」

聞きたくなくて俺は話を遮った。

「どうした」

「普通の食事でいいです。――先生、ありがとうございました」

「いいえ。私は自分の仕事をしたままでですから」

医師が出て行って、ロイと二人きりになる。

ロイはすかさず俺を抱き上げて、額を触る。片手で抱き上げられてしまうのがちょっと何だが、最近はすぐこうして熱を確認されるのだ。

じっとしてる方が早く終わる。

「良かったな。やっぱ人間のことは人間だな」

「ありがとうございました。俺のために……わざわざ」

「まあ、王都には人間がわんさかいる。そんなに難しいことじゃねえよ」

王都。――俺が初めに連れて行かれたところだ。

そして俺を見て失望の表情を向け、もう用はないと言い放ち捨てられた。

ろくでなしの集まり。

俺が売られていたのが王都の外れにある奴隷店だったから、このヴェルデ侯爵領は王都からかなり近いところにあるのだろう。

それでも、死にかけの奴隷をわざわざ手間と金をかけて助けるなんて、道楽なのか何なのか。

「コメの仕入れ先の国の料理人が見つかったらしいから、楽しみにしとけ」

料理人まで探してくれていたらしい。

そこまでされるとちょっと怖い。

「どうした？　暗い顔で。まあお前の明るい顔はおかゆ以外で見たことねえけど」

「あの。俺……奴隷で、小姓で……仕事、何したら」

寝てる時にくっつかないって言っていたから、抱き枕の仕事はなくなっただろうし。

ロイは大きな手で俺の髪を撫《な》でた。

「小姓はしばらく休業だな。抱き枕も。お前は、そうだな……とりあえず、お前の仕事はたらふく食って、寝て、運動して」

ロイはちゅ、と俺の頰に唇を寄せた。あまりにも久しぶりの不意打ちに何の反応もできない。

「俺に時々可愛《かわい》がられることだな」

なるほど、要するに俺は抱き枕からペットに昇格したらしい。いや、降格か？

それなら丁寧な扱いにも納得がいく。

飼育本も持っていたし。

人間のこともあまり知らないようだったから、珍しさに人間を飼ってみようということだろうか。

抱き枕じゃないから寝ながらは接触しなくても、起きてる時はされる恐れがあるってことで。

——そうなると、身の危険はやはり継続中ということになってしまう。

また、あんなことされるんだろうか……。

気が重い。

散歩してもいいかと聞いてみたところ、屋敷内なら、とロイから許可が出た。ロイも仕事があるらしく、何かあれば誰かを呼べと言って出て行った。

俺は恐る恐る寝室を抜け出し、廊下を歩いている。

ペタペタと音がするのは、俺が裸足だからだ。俺が履いていた布袋みたいな靴は、多分汚すぎて捨てられてる。

でも屋敷は磨き上げられた大理石とふわふわの絨毯《じゅうたん》で敷き詰められているから全く気にならない。むしろ、素足にさやさやと触れる絨毯の毛足が心地よかった。

廊下をしばらく歩いても、扉ばかりで何の変哲もなかった。

どうやらここは二階のようだが、階段も見つからない。

少し歩いただけなのに息が上がって、俺は出窓の台の部分に座って外を眺めた。

広い。

庭園なんだろう。寝室からは表門に続く道と緑の芝生が見えていたが、こっち側は向こうに池まである、何というか、森だ。しかし複数の人が剪定《せんてい》してるから、どこまでかわからないが庭ではあるのだろう。

「――リン？」

通りかかったのは時々食事を運んでくれる使用人だ。

まだあどけなさの残る顔をしていて子供だと思うんだが、背は俺より頭一つ分大きい。

しかもよく見ると瞳孔《どうこう》が縦になっていて、ぎょろりとした印象がある。

「部屋から出てるなんて珍しいな」

「ロイ様が、散歩していいって」

「へえ。良かったな！」

自分のことのように喜んでもらえると、素直に嬉《うれ》しい。

「あの……いつも、ご飯、ありがとう。えっと……」

「クレン」

クレンはそう言ってにっと笑った。ロイは犬歯だけが鋭いが、クレンは見える歯全部とがっていた。

「俺は運んでるだけだから、礼なんていらないよ。――あ、今から厨房《ちゅうぼう》行くけど、見に来る？」

することもないし、見てみたい。俺は頷《うなず》いて、クレンの後に続いた。

クレンは歩きながら屋敷を簡単に説明してくれた。

ヴェルデ侯爵は鬼の一族。領地には他種族もいるが、基本的に屋敷には鬼人しかいない。

「クレンも……鬼人なの？」

「ああ、俺は鬼人と竜人のハーフ。純粋な鬼人って意外と少ないんだ。女が生まれにくいからな」

そういえば女性をあまり見かけない。

通り過ぎる掃除をしている人も、何かを持ってる人も、男の人ばかりだ。

みんな俺を見て少し驚いた後、にこにこと笑顔を向けてくる。

今まではなかった反応だ。

「屋敷に人間がいるの、珍しいんだよ。人間って鬼を嫌うからヴェルデには寄り付かないんだ」

「へえ……仲が悪いの？」

相性がいいってカーターは言っていたのに。

不思議がって聞く俺にクレンは言いにくそうに言葉を選んでいる。

「まあ、俺達は好きなんだけどな……あっちがな」

ますますわからない。

まさか。

鬼は人を食べるから……なんてことないよな。

そんな恐ろしい想像をしていたから、角を曲がった時にぬっと現れた人影に情けないほどびくりと反応してしまう。
二、三歩よろけた俺を見て慌てている。
「ああ、すまねえ。驚かせ……ん？　この子は」

ロイと同じくらいでかい。体を折り曲げて、目線を合わせてくれる。

傷の多い男だ。白い髪を頭頂部で縛って、硬質な髪が天に向かって立っている。腰には普通より一回り大きな剣を提げている。

「リンです。主人様《あるじ》の」

クレンが紹介してくれるから、俺は頭を下げた。

「ああ！　やっと外に出られるようになったのか」

声がでかい。

「ロイ様が寝ぼけてかじったんだろ？　災難だったなあ。子供かっての！」

そう言ってゲラゲラ笑っている。侯爵家当主に対してかなり気安いようだ。

「俺は騎士団長してる、リューエンだ。何か困ったことがあれば、たいてい中庭の訓練場にいるからいつでも来ると良い」

「はい……」

そんな日は来ないと思うが一応返事をしておく。

奴隷が騎士団長に助けを求めるシチュエーションなんてあるか？

「なんだ、まだ元気ないんだな」

「二回生死をさまよってますからね。無理もないですよ。血が足りないんですよ、血が」

「可哀《かわい》そうになあ。ロイ様の血を分けてもらえばいいんじゃねえか。元気有り余ってるぞあの人。さっき鼻歌歌いながらトゥーラ鉱山に出かけて行った」

「魔獣狩りですか？　上機嫌だな」

二人してやれやれ、という様子だ。

「リン、顔色が悪いな。どこ行くんだ？　運んでやろうか」

「い、いえ！」

運ぶって、抱っこか？

「先生から、散歩するように言われてるんで」

「そうか……」

そんなに残念そうにしないで欲しい。

「これでもだいぶ顔色良くなってますよ。あの医者が来るまでは、ずっと土色だったんだから」

クレンはほぼ毎日俺の顔を見ていたからそう思うんだろう。

「可哀そうになあ。――あ！　そうだ、これやるよ」

リューエンは俺の手に包み紙を載せた。

「ただのクッキーだが、人間はこういうの食べるんだろ？　今日はとりあえずこれで。また精のつくもの獲《と》ってきてやるからな」

「え、あ、ありがとうございます」

開けてみると、甘い砂糖とバターの香り。

うわあ。お菓子なんて、何年ぶりだろう。

リューエンはロイと同じように頭を撫でてきた。風呂《ふろ》に入ってないから触らない方がいいと思うんだが。

ちらりと見上げたリューエンは顔を緩めて嬉しそうにしている。

「おぉ、よしよし。そんな顔するなら、もう一回王都に行って買って来るわな。待ってろよリン」

「え、あ……」

止める間もなく去って行ってしまった。

「そんな、わざわざ」

「やりたいんだから好きにさせたらいいって」

クレンは何でもないことのように歩き出す。俺もまた続いた。

「なんか……みんな、気安いんだね」

「――ああ、人間って階級とか年齢で序列が決まるもんな。鬼は一番強い人が一人、あとはその他大勢、好きなようにするから。仕えたきゃ仕えるし、嫌になれば去っていく」

「それで……成り立つんだ」

「誰かがまとめなきゃなんねえから、今は主人様がやってくれてる。あとは手の空いてる者でそれを手伝うって感じ」

カーターは丁寧だけど、そっちが特殊なんだろうか。

それでもこの屋敷にいる使用人達はよく訓練されている。ロイに従って長いんだろうか。

「大昔は適当に散らばってたみたいだけど、それだとあちこち種族間で争いが絶えないからさ。今はある程度の種族で固まって領地にいて、平和になってる」

「人間も……？」

「そうだな。人間がまとめ役してる。あいつらは、自分達が一番強いから王になってる気なんだろうけど。そう思ってるのは人間だけだと思うぞ。あんな面倒くさいことやりたがる種族は他にないもん」

「でも、王族は魔力がすごく多いって聞いた」

「ああ……渡り人を何代にもわたって嫁にしてるからだろ？　あの執念はすげえよな」

そうだったんだ。

この世界に来て六年も経つのに、何も知らないんだな俺。

もっとも、聞かれるばかりで誰も何も教えてくれなかったし、当たり前か。

俺は魔力がないからポイ、とされたってことか。

「リンって、十八歳なんだって？　俺も十五歳なんだ。この屋敷に子供って珍しいから。これからもよろしくな」

「そうなんだ」

十五歳でその身長か……。しかも子供って。子供なのか？　俺。

「よろしく。俺も、知り合いができて嬉しい」

「知り合いって……友達って言えよぉ！」

クレンがにかっと笑って、ずらりと鋭い歯が見えた。そんなビジュアルにもなんとなく慣れたと思った頃、ようやく厨房に到着した。

厨房は食堂のようなところに隣接していた。たくさんの机と椅子が並ぶ中、奥にカウンターがあって、向こう側に広い厨房がある。

「どーも！　クレンです。食器下げに来たぜ」

「はいよー、そこに……おや、その子」

カウンター越しに厨房の中を覗《のぞ》くと、五人くらいが働いていた。そのうちの一人が大きな体を揺らしながらこっちに向かってくる。他の人も笑顔で会釈してくれるので、俺も頭を下げた。

背も高いが横にも大きい。帽子をかぶっているから髪の毛が見えないが、坊主かもしれない。かなり厳《いか》つい顔だ。

「リン、料理長のフォーチャーさん」

「君がリン君!!」

フォーチャーは濡《ぬ》れた手をごしごしとエプロンで拭《ふ》いて、ぬっと差し出してきた。

「ここまで来られるようになったんだね！　おめでとう！」

これは、握手だろうか。恐る恐る差し出された手を握ると、ぎゅっと握り返された。

痛い……。

「あっ、ごめんよ！　痛かった？　――ああ、人間って本当に小さくって弱いんだね」

「だ、大丈夫です」

まだ夕食には時間があるが、もう下ごしらえを始めているらしい。たくさんの食材が並んで、出汁のいい香りがしている。

「あの、いつもありがとうございます。お米の料理……飽きないようにたくさんの種類作ってくれて。大変だったと思います」

「まあ！」

野太い声で変な歓声を上げられて、ちょっとびっくりする。

「そんな。それが僕の仕事なんだから、いいんだよ。そうだ。お腹空《なかす》いてない？　ちょっと新作の米料理なんだけど」

そう言って大きな体を揺らし、何かを取って戻ってきた。

差し出された皿には、香ばしい米の香り。

「蒸した米を潰《つぶ》して、揚げてみたんだ」

「うわあ……」

お煎餅《せんべい》だ。茶色くて、光っていて、すごくいい匂いがする。

思わず歓声を上げてしまった。

「すごいです、フォーチャーさん。こんなこと思いつくなんて」

プロだ。

「食べて食べて」

つまんで食べると、カリッとして、甘くて、香ばしくて。塩加減もちょうどいい。

「おー、うめえ」

横から手を出したクレンも満足そうに言う。

「失敗は成功の母ってね。米料理試しすぎて、大量に蒸したり茹《ゆ》でたりしたやつが余ったから、色々作ってるんだ」

感想を言っていないのに、俺の顔を見て既に満足したようだ。

「ありがとうございます。本当に、おいしいです」

そうなんだ。いっぱい試して、作ってくれたんだ。

「んふふ。いいのいいの」

またしても頭を撫《な》でられる。

「よしよし、いつでもここにおいでね。ここに来たらおいしくって出来立てアツアツのお菓子をあげるからね」

はい、あーん、ともう一枚口に入れられる。

あまり食べすぎるとまた胃もたれしそうだから、ちょっと行儀悪いけど俺はそれを口に入れたまま厨房《ちゅうぼう》を後にした。

一人で帰れると言ったが、クレンが部屋まで送ってくれる。

「病み上がりに動きすぎると良くないぜ。大丈夫か？」

「うん。ありがとう」

クレンが扉の前で息を切らしている俺を心配そうに見つめる。

「ちゃんとベッドで寝ろよ？　晩飯まで寝てろ」

「うん。ありがとう」

年下からこんなに心配されると、ちょっとどうかと思うが、頼りなさを考えたら仕方ない気もする。

俺は素直にクレンの言うことに従って、ベッドにダイブした。クッキーは大事なのでサイドボードに置いておく。

ふかふかのベッドに入るとじんじんと痺れた足と体の心地よい疲れのせいで、すぐに睡魔が襲ってくる。

この屋敷の人は、みんな俺を見てニコニコしてる。

鬼は人間が好きだって言ってた。

食べるからかと恐ろしくなったけど……そういうわけじゃないのかな。

でも、こんなによしよしされると……ああ、そうだ。俺は今、ペットになったんだ。

主人が飼ってるペットに接する態度だとしたら、こんなものかもな。

そんな風に妙に納得してしまうのは、睡魔で意識が朦朧《もうろう》としていたからかもしれない。


足の裏に温かい何かが触れて、俺は目を覚ました。

「――ん、……」

くすぐったくて体を動かすと、足の裏がすうすうとする。

目の前で、ロイがベッドに腰かけていた。

「あ……」

いつの間に帰ってきたんだろう。あたりは暗くなっていて、ろうそくの灯りがともされている。

「寝てていいぞ」

そういうわけにもいかない。動けるようになったのに相変わらず主人のベッドで寝てたらだめだろう。

そろそろとベッドから降りようとしたら、お腹に腕が伸びてきて、ぐいっと引き寄せられる。

いつものの、すっぽりと収まる腕の中だ。

「起きるのか？」

「はい……」

なので放してくれないだろうか。

「じゃあ、このまま拭いてやる」

え、と思うが、ロイは俺を膝《ひざ》に乗せたまま、長い腕を伸ばして俺の足首を掴《つか》み足の裏を上に向けさせた。

ここで初めて、ロイが俺の足を拭いていたのだと気づく。

温かく濡れたタオルがしっとりと気持ちいい。

「よく歩いたようだな。動けたのは良かったが……」

ロイが嬉《うれ》しそうに笑っている。

「靴を用意するのを忘れていたな」

「っ、ふ、あ……」

く、くすぐったい。

馬鹿力なんだから、もっと強く拭いてくれたらいいのに。

近頃のロイの手つきはどうも優しすぎて、困る。

「どこに行ってきたんだ？」

「クレンが、厨房に連れてってくれて……ふ」

足底の次は足の指を丁寧に拭かれる。

「フォーチャーか？」

「んっ、はい、あと、リューエンさ……っ、あっ！」

指の間を拭き始めると、もう我慢できなかった。

「ふっ、――や、っじぶんで、やるから！」

「あと少しだ」

「は、はな――っふ、ふふ……」

身を捩《よじ》って暴れて、何とか抜け出す。

力ずくで押さえつけるようなことはされなかった。

「こらえ性がねえな」

笑いながら言われたから怒ってないのだろうが。

「――ください、それ」

タオルをもらおうと手を伸ばすが、ロイはその手を掴んで体を引き寄せる。

「ちょっ……」

「もうしねえって」

宣言通りタオルをポンと放って、ロイは俺の体を改めて抱き上げた。

ぎゅっと抱きしめて、首筋に顔を埋《うず》められる。

「ひっ……」

「怖いか？」

傷とは反対側の首だったし、ロイは口を開けてもいないけど。

本能的に、急所にロイの口があると思うと、身が竦《すく》む。

身が竦むだけじゃなくて……体の内側から、ぞくぞくと変な感覚が生まれてくるのが更に厄介なんだ。

ロイがすうっと息を吸って、空気が撫でるくすぐったさに首を縮める。

そんな、匂いを嗅《か》ぐような……やめて欲しい。

「もう、絶対にあんなことしねえ」

「あの、俺……お風呂《ふろ》入ってないから」

「――入るか？」

「あ、そうですね……」

いつもの二人を呼ばれるかと思ったら、そのまま浴室まで抱き上げて連れて行かれる。

まさか。

「あの……ひ、一人で入れるけど」

「風呂は危ないぞ。滑るし、急にあったまったら意識を失うかもしれない」

「いや流石《さすが》に――」

「二週間ぶりの風呂に体が驚くだろ」

「あの、じゃあいつもの人に」

「なんでだ？」

なんで。――なんで？

なんでの意味がわからない。

しかしロイはそうするのが当然というように、浴室で準備を始めた。

温かい湯気が立ち昇っている。その横で、せっせとタオルやら石鹸《せっけん》やらをガラガラと出してきて用意している。

——そうだな。体拭いてたもんな。

俺はペット。俺はペット。俺はペット。

犬猫を洗うようなもん。

うん。

俺は意を決して服を脱ぐ。


久しぶりの湯船は極楽そのものだった。

ふわぁ、と顔が緩む。

幸せだ。

——こいつさえいなければ。

石鹸を泡立ててるロイを見ないようにしながら、浴槽の縁に頭を乗せて目を閉じた。

寝てしまえる。気持ちいい。

「風呂が好きなんだな」

ロイは俺の首の下にタオルを敷いた。首が痛くなくなる。

お湯をゆっくりとかけられて髪を洗われた。

素朴な疑問が湧いてきて、ふと目を開ける。真剣な顔で髪を洗ってる。

ばちりと、間近で赤い眼と合った。ふっと目元を緩められる。

「どうした」

「侯爵様なのに、手慣れてるなって」

「やったことねえけどな。訪問先でやられることはある。これでいいか？」

「はい」

ロイがお湯で髪を流した。

続いて体まで洗いにかかるのには本当にやめて欲しかったが、手足くらいは任せることにした。

体の中心に手が伸びるから、そこは断固拒否した。

「俺、子供じゃないから！」

「知ってるが？」

なぜ拒否するのかわからない、といった顔をされるのでこれ以上言っても無駄だと悟った。

ロイから泡のついたタオルをもらって残りは素早く洗って。

「熱いから、もう出る」

そう言ってさっさと出ることにした。

追いかけてこられて、体を拭《ふ》かれて抱き上げられてベッドに運ばれて。もうこの辺になると疲れて抵抗する気力もない。

ウトウトとしていると布団をかけられた。

お風呂に入ったのは俺なのにロイの体温の方が高い。

「眠いんだろ？　寝ちまえ」

そう言いながらトントン、腹のあたりをゆるく叩《たた》かれて。

抱き枕はやめたんじゃなかったのか、と思いながらもまた眠ってしまった。


目が覚めたらまだ真夜中だった。

相変わらず腕の中だ。

首を持ち上げて見ると、ロイと目が合う。

「——っ」

暗闇に光る赤い眼に驚いて体がびくりと動く。

怖《こえ》えよ。なんで真っ暗な中起きてこっち見てるんだよ。

腕枕で、今日は向かい合って抱かれてる体勢だ。

「あの……」

「夜中だぞ」

「え？」

「まだ寝てろ」

こっちの台詞じゃないか？　俺は寝てたぞ、今まで。

「ロイ様は……」

ロイはくしゃ、と俺の頭を撫《な》でて、ちゅ、と頭頂部あたりにキスをしてきた。

「言ったろ。寝ながらはやらねえって。あんなの、二度とごめんだからな」

起きたら血まみれなのがか？　意外と繊細なんだな。

血飛沫《ちしぶき》浴びながら剣振り回してるイメージだったけど。

「すみません」

「なんでリンが謝る」

そりゃ、俺が首を伸ばしたから。

そう言ったら流石に怒られるよな。絶対言えない。

「その、弱くて……」

「心配すんな。大事にしてやるから」

ぽん、とまた頭を撫でられる。

「もうちょいしたら、俺も寝ようと思ってた」

ロイが視線をソファに向ける。

「あの、俺があっちで寝る」

どう考えてもそれが普通だろう。長期間主人のベッドを占有してしまったが。

「病み上がりが何言ってんだ。お前はここだ」

「でも、俺、ロイ様をあっちにやって……」

俺は首輪に触れた。

俺は奴隷なのに。

「落ち着かないので。床の方がいいくらいで」

ここの床だって、前いた檻《おり》に比べたらふかふかだ。

「は？　バカ言うな。そもそもな、俺はそんなに寝ないんだよ。言っただろ？　鬼はあんま寝れないって」

いや、めっちゃ寝てたけど。朝までぐっすりだったけど？

別にこの男が寝れなくてもどうでもいいんだけど、起きたままずっとこっちを見られるのは嫌だ。

「気にするな。――どうした？　晩飯抜いたから腹が減ったか？　何か持ってきてやろうか」

俺は首を振った。

わざわざ食べるために起きるのも面倒だ。

とは言っても、話していたら目が覚めた。

抱かれていると落ち着かないので、ぐるりと向きを変えてロイに背を向ける。

「リン？」

寝たふりをする。

穏やかな寝息風に息をして目を閉じているのに。ロイは俺の項《うなじ》あたりに鼻を擦《こす》りつけてくる。

「寝ないのか？」

「ふぁっ」

息がかかっただけなのに、くすぐったいだけじゃない感覚に身震いした。

「リン……」

はあ、と悩ましげに名を呼ばれ、今度はぬるりと舌が首筋を這《は》う。

「ん、んぁ――」

ちゅ、とキスされて。一気に体が熱くなるような気がした。

やっぱり、あんなことされるのか。

真っ青になって逃げようとして――ロイの手が浮いた腰から滑って服の中に入ってきた。

大きな手が腹、胸へとまさぐるように動き、やがて胸の突起に辿《たど》り着《つ》く。そこを潰《つぶ》すようにこねまわされる。

「それ、や……んっ」

やめて、という台詞は、ロイの唇によって阻まれた。

向こうを向いたのに、後ろから胸を愛撫《あいぶ》されているのに。ちょっと身を起こしただけで口づけされる体格差が憎い。

ロイの舌がぬっと侵入し、分け入ってくる。

分厚くて熱い舌が探るように動き、俺の舌に辿り着くと絡めるように舐《な》め取られた。

唾液《だえき》が混じり合う度、どんどん熱が上がる。

そうなると一舐めごとに、じんじんと快感を拾い始める。

「ん、む……っ、ふぁっ」

胸なんて弄《いじ》られても、と思っていたのに、ぐっと押される度にたまらなく痺《しび》れて、声が漏れる。

すぐに下半身に熱が集まった。

どう動いたらいいのかわからず体も舌も固まったままだったのを、強く動かされ吸われる。

「息しろって言ったろ」

「ふっ、ふぁっ、は――あぁ、ん」

息をすれば恥ずかしい声が漏れる。

同時に舌が絡まり唾液が混ざる、じゅぷ、という水音も聞こえた。

「気持ちいいか？　リン」

「う、うぅ……」

「よく寝れるように、抜いてやろうか」

耳の側で言われて必死で首を振った。

初日のあんな醜態はもう晒《さら》したくない。

「そうなのか？」

ロイは意外だな、とでも言うように確かめたが、無理強いをする気はないらしい。

ロイの手が下半身に伸びないようで一安心する。

「も、はなし……っ」

胸への刺激がゆるゆるとされて耐え難い。離れようとすると、背中にごり、と当たるものが。

痛い、と思って手を伸ばして……俺は激しく後悔した。

なぜ深く考えずに、障害物のように思って手を伸ばしたんだ。

密着した体に当たるものと言えば、アレしかない……。

「リン。っは、積極的だな」

いやいやいや。

つい握りしめたものの。どうしていいかわからず固まる。

固まっているのに、ロイはゆるゆると腰を振り始めた。

「っはあ、そのまま。もう少しきつく……」

ロイの片手が俺の手の上からそこを強く握らせた。

でかい。

その握らされた怒張が、布一枚隔てているのに存在感がすごい。

ロイのもう一方の手で胸の先端をつまむようにして刺激され、その強い刺激についびくりと体が動く。

「リン……」

熱っぽい声で言われて俺の顔まで熱くなる。

ロイの唇が、いつの間にか露出していた俺の肩を這う。ぬるついた舌に舐められたと思ったら、チリ、と鋭い痛み。ロイの歯が当たって軽く傷を作ったのかもしれない。それが勃ち上がりかけた下半身にとどめを刺すようで、一気に熱が集まった。

「こっち向け」

今度は命じられ、考える余地もなく首を回すと、またロイに唇を重ねられる。

熱い。熱くて、じんじんと気持ちいい。

「ふ、んあっ、はっ……」

苦しさにどんどん息が荒くなる。急激に昂《たかぶ》らされていく。

ロイの動きが激しくなって、どくどくと手の中で脈打っているのがわかった。

ぎゅっとつままれた胸に電流が走ったような快感と、苦しいほどに追い打ちをかけてくる舌の動き。

ロイの剛直なそれと、胸の刺激と、そして何より絡められた舌が――。

「んっ、んあぁぁぁぁ！」

最後にはロイの舌も構わず、叫ぶようにして達した。

ロイも低い息を吐きながらその怒張をびく、と動かし、精を放った。

息を整える俺にロイがしつこくキスを落とす。唇、頬、額、眉間《みけん》……。

それに反応する気力もなく、俺は目を閉じた。

嘘だと言ってくれ。

大男のモノを握って、胸をつままれていくとか。

この体がどんどんおかしくなっていってる。

「体力ないのに悪かったな。俺も溜《た》まってたみたいだ」

目覚めた俺にからからと笑いながらロイは言った。

恥ずかしくて目も合わせたくなかったが、ロイは相変わらず俺の世話を焼いた。

病み上がりなだけあって、昨日は達した後意識を失うように俺は眠ったらしい。着替えは既にされている。

肩に何か貼られているから、牙《きば》でつけられた傷の手当だろうか。

寝起きの顔を拭かれて、水を飲まされ。

今は朝食を運ばれて、膝《ひざ》の上で食べさせられていた。

「リン、もっと食べられないのか」

「も……無理」

おかゆスープと果物を食べ、更に食べろと目の前に何かの野菜を持ってこられる。

「昨日晩飯食ってねえんだから、その分食べとかねえと」

そうは言っても、疲労感がすごい。

ロイが魔力を流しているのだろうが、全く効果を感じない。疲労が大きいからか、俺の蛇口が小さいからか。

朝食を終えてロイが片付け始めて、俺はまたベッドに横になった。

ロイが何を望んでいるのか、全くわからない。

結局何の用途で俺を買ったのか理解できないままだ。

「ロイ様」

やはりはっきりさせておこうと、俺は意を決して体を起こした。

「俺、なんで買われたの」

何をすればいいのかわからないからこんな中途半端な気持ちなんだ。

食べるためとか、夜の相手をするためとか、怖いことを言われるかもしれないから聞けなかったけど……びくびくと身構えるのもいい加減疲れた。

今の状態では、ロイが世話するために奴隷を買ったようになってる。そんなはずないだろう。

いずれ捨てられるなら、覚悟しておきたいし。

「どうしたんだいきなり」

「——俺、世話してもらってばっかりで」

「そうでもないぞ。お前に魔力流してるだろ。魔力が溜まりすぎると過活動状態になるから休めねぇんだよ」

「でも……たくさんは流せないんでしょ。俺の蛇口小さいって、先生が言ってたから」

だから一晩かけてゆっくり魔力を流しながらで、ようやく熟睡できる。起きて流してるだけじゃ眠れてない。

「まあ、一度に大量に渡せるわけじゃねぇが……。お前の言い方で言うと、蛇口のでかい奴は魔力も多いから、俺から受け取れる魔力量の余地がそもそもない」

タンクの話だろうか。蛇口が大きい人は、タンクも埋まっている。タンクが小さくて蛇口の大きい人はいないのか。

「加えて、魔力は戦闘中でもなけりゃ、そう失われるもんでもないからな。体力回復なんてたかが知れてて、魔力を自然に渡せるってのが、意外と少ない」

そうなると、蛇口が大きければいいというものでもない。つまり、弱いからこその俺の出番だと。

「だから、魔力の空っぽな俺を選んだんだ……」

「あー、お前の前に、獣人で試したんだけどな。獣人は魔力あんまねえから。魔力を渡す時に俺はどうしても無防備になる。魔力の交換ってのはむき出しの状態だからな。しかもゆっくり流すしかないからその状態が長いだろ？　――それで、好機とばかりにその獣人に殺されそうになって」

急に物騒な話になった。

「獣人は魔力がなくても強い個体だからな。つい手加減できずに反撃したら、一階が潰れちまって。アインが激怒して……だから無力で魔力もないお前を買ってきたんじゃねえか」

「じゃあ俺、魔力を受け取るだけでいいの？　――役立たずだって、戻されたりしない……？」

ロイがひょいっと俺を抱き上げた。

「そんなこと心配してたのか。――俺はお前を手放す気はないぞ」

ほっとした俺の顔を見てロイが笑った。

「思ってることがあればすぐ言えよ。怒らねえから」

「はい」

「そんな顔もできるんだな、お前。——いつもそうしてろ」

「魔力を、受け取るだけで……」

聞いてよかった。

ちょっと接触は多いが、魔力を流されるくらいで、現状満足と言うなら。

俺はようやく安息の場所を手に入れたんじゃないだろうか。

「魔力精力な」

ロイはそう言って俺の古傷にべろりと舌を寄せた。盛り上がった傷跡を舐め上げ、ちゅ、と口づけて離れる。

「え……」

「ま、急がねえよ。お前ガラス細工だもんな」

そっとベッドの上に寝かされて、じゃあな、と頭を撫《な》でられる。

俺は浮上した分、突き落とされたようで全く反応できなかった。

魔力、精力……？


時間ばかり経って日が昇りきっても、俺は今日はベッドから出られなかった。

ずっと考えている。

食べられることも捨てられることもないとわかったけど。

不安は余計増しただけだった。

――俺は、あいつに襲われるんだろうか。

襲われるという表現が正しいのかもわからない。

恥ずかしいことに、これまでを振り返ったら俺の方が興奮してるし、達してる。

恥ずかしいことに。

「精力……って、なんだ？」

いや。普通に考えて、そういうことだよな。

昔の記憶が頭を掠《かす》める。

役立たずと言われて預けられた貴族のところで、俺をそういう目的で飼おうとした奴の顔。

襲われそうになって、必死で抵抗して――奴隷になった原因。

あの欲に塗《まみ》れた醜悪な顔を思えば、ロイに対してはそんな嫌悪感はない。

慣れなのか。

六年前と違って、もうずっと奴隷だったし。

首輪に指を引っ掛けて、引っ張ってみる。

これがある限り、どうせ抵抗もできない。

あと何年この生殺しの状態でいないといけないんだろうか。

「リン、いるか?」

扉の向こうからの声と、ノック。

クレンだ。

「うん」

ご飯を持ってきてくれたらしい。クレンはバスケットに入った昼食をベッドサイドにポン、と置いた。

「今日はサンドイッチだってよ。米じゃねえけど、食えるか?」

昨日仲良くなったから、話しかけてくれる。今まではほとんど会話がなかったが。交流を持つというのはこんな感じだったなと、ほんわかとした気持ちになった。

俺はひとまず起き上がってバスケットを見た。

分厚くもなく、普通のサンドイッチだ。

「ありがとう。食べる」

「おー。うまそうに見えないけど、人間にはうまいんだろ?」

「はは」

確かに、肉より野菜の方が多く見える。鬼人には物足りないだろう。

「なんか、疲れてるか? 昨日のせいか?」

「ううん」

そういえば、クッキーをまだ食べていなかった。あとで食べよう。

「リンが昨日出歩いたって聞いた屋敷の連中が、浮き立ってるぜ。また元気になったら、顔出してやってくれよ」

「え……顔出して、何するの」

「顔見せるだけで喜ぶだろ」

そんなことないだろ。

「言ったろ。鬼人は人間が好きなんだって」

「人間ってだけで？」

「んー、なんつうか。めっちゃ弱いじゃん？　誘惑にも弱くて。そういうの、俺らにとっちゃたまんねえんだよ」

全くわからない。

獲物としての好きなのか？

「本能的に、うまそうな感じするし」

サンドイッチに伸ばそうとした手が止まる。

恐る恐るクレンを見ると、慌てて手を振っていた。

「いやいや！　食べたことねえよ！　たとえ話」

たとえで、うまそうなんて表現、出てくるか？

いや、食べたことはないと言うんだ。信じよう。

そう言えば。

鬼人らしさを垣間見《かいまみ》て、ふとクレンに聞いてみたくなった。

「クレンも、鬼人だから、魔力精力が多くて寝れなかったりするの？」

「あ？　俺はそうでもないかな。いつも元気ってくらいで。主人様は別格に強いからな」

「強いから、寝れないってこと？」

「――寝れないだけなら他にもいるけど。主人様は一等強いから。ほっとくとそのうち狂い始めるんだ」

狂う――？

「先代も最後は狂って……な」

クレンが暗い顔してる。

ごくりと喉《のど》が鳴った。

「狂うって、どうなるの？」

「殺戮《さつりく》衝動が止まらなくなる」

「それで、先代は……」

「主人様が殺したよ。リューエンさんとかと一緒に。サジーラ山が丸裸になったらしい」

精力について聞きたかったのに、思いの外重たい話になった。

それで、危険を冒してまで魔力を流す相手を探してるってことか……。精力も。

「心配するなよ」

クレンがぽん、と背中を叩《たた》く。

「主人様はまだお若いから、当分そんな心配もねえぞ」

あまり慰めにならない内容だった。


サンドイッチを食べた後、俺はまた散歩に行くことにした。

考えても仕方ないし。

いや、よく考えたらまたとない好機とも言える。

魔力精力を発散できずに、ロイが狂って暴走したら。

一番間近にいる俺は、ただでは済まないんじゃないだろうか。

俺は死に場所をやっと見つけたんじゃないか。

——問題は、精力発散の方だけだ。

そんなことを考えながら、階段に向かう。

俺の——じゃなかったな。ロイの寝室から斜め上方に、でかいテラスが見えたんだ。多分三階だ。

屋敷内しかまだ許可が出てないから庭には出られない。でも、外の空気を長らく吸ってないと吸いたくなるもんなんだよな。

せめてテラスに出て空を見上げたくなった。

昨日一階の厨房《ちゅうぼう》に向かった時に階段の場所は知ったから、今日はそこを登ってみる。

ペタペタと音を立てながら歩いていると、階段の手すりを磨いている人が走り寄ってきた。

「やあ。リン君だよね。散歩かい？」

「うん」

「俺は二階の掃除担当のドミニ。よろしく」

初対面だと思うが、かなり友好的に手を差し出してくる。俺は恐る恐る握り返した。

「よろしく……」

ちょっとざらりとした感触は、皮膚が鮫肌《さめはだ》みたいにざらついているからだろう。

ドミニは握手した手を離さないまま、にっこりと笑った。手も体も大きいが、穏やかそうな雰囲気の人だ。

「どこまで行くんだ？」

「今日は上に上がってみようかと思って」

「屋敷内とはいえ、大理石に素足では寒いだろうに」

確かに足は冷たいが、耐えられないほどではない。奴隷の労働環境を思えば、ここは天国みたいなもんだ。

「平気」

別れようとしたが手は離されないまま、ドミニはポケットから石を取り出した。手のひらにちょうどいい大きさの丸くて黒い石だ。

「良かったら、これ使って。温石《おんじゃく》」

「えっ、そんな、もらえません」

「いいんだって！　俺二つ持ってるから」

目線を合わせるように目の前に膝《ひざ》をつかれ、握手していた手に載せられて、そのまま手を握りこまれる。つるつるしたその石はほっこりと温かかった。

「すごい……カイロみたい。ありがとう。俺、初めて持った、こんなの」

「ポケットに入れたり、冷たくなったところに当ててくれよ」

「これ、いつまでも温かいの？」

「一日はあったかいけど、そのうち冷たくなる。そしたらまた、しばらく火に入れるんだ」

普通に火の中に入れるとは。焼石みたいに高温にならないっていうのがこの世界らしい。頬に当ててみても、ほんのり人肌より温かい、ちょうどいい温かさを保っている。

――ん？　温石と俺の手に、ドミニの手が付いてくる。

「冷たくなったら取り換えるよ」

俺が気にしすぎなのかもしれない。

「え、でも、わざわざ」

「いいんだよ。やけどしたら大変だろ？　俺、日中はいつもこの辺掃除してるからさ。クレンに声かけて呼んでくれてもいいし。な？」

「うん……ありがとう」

「っしゃ！」

「あの……手を」

「ん？　手？」

ニコッと笑われるとすごく人懐っこい感じなのに、いつまでも手を繋がれてることにとても違和感がある。

握手からずっと握られて、更にちょっと揉《も》まれてるような気もするんだけど。

「えっと……」

なんと言って離してもらったらいいか考えた時。

――ゴトンっ。

ものすごい音がして、ドミニの体が崩れた。

手も離れて、ちょっとほっとする。

「――随分と暇そうですね。ドミニ」

ドミニの背後に立っていたのは、分厚い本を抱えたカーターだった。

まさかその本で殴ったんだろうか。ドミニが頭を押さえてる。

「だ、大丈夫……？」

「うわぁ、やさし――」

「ドミニ」

「はい！　仕事に戻ります！」

「リンにかまけて仕事にならないようなら、担当を変えますからね」

ドミニは光の速さで道具をかき集め、去って行った。

後に残され、カーターと目が合う。

「ご主人様から、昨日は歩いていたと聞きましたが。回復したようで、良かったです」

口調は平坦《へいたん》だけど、心配をかけたのは知ってるから、俺は深々と頭を下げた。

「本当にありがとうございました。長くかかって、すみませんでした。その間たくさん、色々していただいて……」

「ご主人様のやらかしたことなんですから、リンが謝る必要はないでしょう。——それに加えて、人間の扱いがわからず回復が遅れてしまったのは私の落ち度ですし」

「そんな。お医者さんも料理も……他も、色々調べてくれたって聞いてます。カーター様がいなかったら、俺……」

まずい料理に今も苦しんでただろうから。

カーターさえいなかったら死ねたかもしれないが、それはさておき。カーターのおかげで日に日に環境が良くなったのは確かだ。

「人間と会うことはあるんですが、その暮らしを知ることはないので。いい勉強になりました」

「そんなに、交流がないんですね」

「そうですね。種族間の合う合わないはありますが……人間と鬼人は特に難しいんです」

難しい？

俺はごくりと唾《つば》を飲みこんだ。

「それって……鬼が、人を食べたり……」

「ぷっ」

――ん？

笑われた？　と思ってカーターを見るが、いつもの無表情だ。

こほん、と一つ咳払《せきばら》いをしてカーターが首を振った。

「食べません。迷信ですよ。大昔、魔力がなかった頃の人間は弱すぎて、うっかり、ということがあったのでしょうね。それでいつしか、鬼は人を喰《く》うという訓戒を人間の中で作って、人間は鬼を忌避するようになった――というのが、五百年前くらいの話ですね」

「へえ……」

うっかりってなんだ。

「体の相性は悪くないはずなんですが。鬼の魅惑に最も鋭敏に反応するのは人間ですし、欲望にも弱い。そんな人間を見ると鬼人もより興奮する。――結果、うっかり」

いや、だからうっかりって？

「――ん？　鬼の魅惑？」

ふと気になった言葉を聞き返す。

「精力過多が鬼人の性《さが》ですからね。それを発散するためには、どの種族をもある程度発情させられないと」

やっぱり！

俺が夜な夜な変に興奮したのは、俺がおかしくなったからじゃなかったんだ。

ホッとしたような、これからもそうなるかと不安なような。

「まあ、うっかりというのは昔の話で。おそらく今は単純に性格の問題だと思いますよ」

「性格？」

「人間は集団で群れるので、共感力が高いでしょう。鬼人は総じて、共感というものに無縁ですからね。気が合わないんですよ」

確かに。みんな豪快で、好きなことを言っているなと思ったけど。自由な気質なんだな。

「あの、じゃあ、カーター様が俺を買ったのって」

「だらだらと魔力を垂れ流しても反撃されないほど無力かと思いましたので」

「はあ……」

「あとは、勘です。我々は勘を大切にしますから」

カーターの手が頭に乗せられる。

見上げると、眼鏡の奥から温かい視線を感じた。

「間違っていないと思いますよ」

黒くて、よく見ると少し色素の薄い茶色のような瞳《ひとみ》が、じっと見てきて。

カーターは優しい言葉を言うわけではないが、なんかあったかいんだよな。

「どこへ行くんですか？」

「あ、三階に、テラスみたいなとこがあるなって」

「ああ、ありますね。執務室に」

「行けますか？」

「構いませんよ。ついてきなさい」

カーターは俺に合わせてゆっくり歩いて、執務室まで連れて行ってくれた。

誰もいない執務室の鍵《かぎ》を開けて、本や書類、でかい執務机を通り過ぎてテラスに通してくれる。

「私は所用がありますので、どうぞゆっくりしてください」

「いいんですか？　鍵してる部屋なのに」

「そのうちにまた戻ってきますから」

お礼を言うと、カーターは綺麗《きれい》なお辞儀をして出て行った。


テラスはガラスの扉の先にあった。

執務室は赤い絨毯《じゅうたん》でふわふわしている。

そこを通り抜けてガラスの扉を開けると、一気に冷たい風が吹いた。書類が風に飛ばされそうで、俺は慌てて外に出て扉を閉める。

かなり広めのテラスだ。

深呼吸すると冷たい空気が肺を満たし、心地いい。

石の手すりの隙間から足を出すようにして伸ばし、そのまま床に寝転がった。

ヒヤリと冷たい石畳の感触がするが、温石のおかげでお腹周りは温かい。温石をお腹に載せて、そのうえで手を組む。

青い空と白い雲が見える。

足がスースーするのが気持ちいい。ぶらぶらと足を動かすともっと心地よかった。

日差しも気持ちよくて、目を閉じれば嫌なことを忘れられそうな気がする。

俺はテラスで昼寝した。


ふわりと額に触れるものがあって目を開けた。

上から覗《のぞ》き込むのはロイの顔だ。

心配そうな顔をしてる。

「なに……」

言って、ここがテラスでいつの間にか眠ってたんだと気づく。

俺が口を開くと、ロイは詰めていた息を吐くようにした。

「倒れてるのかと思った」

「あ……寝て、た」

「お前な。玄関から見上げて、足がぶら下がってた時の俺の驚きがわかるか」

そうか。下から見えるのか。

行儀悪かったかな。

「ごめんなさい」

「いや、謝らなくていい。どこも悪くないんだな」

「うん。寝てただけ」

呆《あき》れたようにため息をつかれる。

「風邪ひくぞ」

「外の空気が吸いたくて。ずっと部屋にいたから」

言い訳のようだったが本心だ。

ロイはそうか、と言ってぐいっと俺を抱き上げた。ずるりと引き上げられ、そのまま抱えられる。

「あの……歩いて帰るので」

「ちょうど帰ってきてお茶にするところだ。飲んでいけ」

本当に子供を抱えるように、ロイは片腕に俺の尻《しり》を乗せる形で抱きかかえ、執務室に入って扉を閉めた。ふわりと暖かい室内に入ると外はやはり寒かったなと思う。

ロイは俺を膝に乗せる形で椅子に座った。

ロイも出かけていたんだろうか。いつもラフな格好しか見たことなかったけど、今は珍しくタイをしていた。

「外してくれ」

そのタイを指して言われて、珍しく小姓らしい仕事だなと思いながら、外す。

椅子の背もたれに頭を預け、待っているようだったので、そのままボタンも二つくらい外しておく。

こと、とタイ留めごと机にタイを置く。

椅子がぎい、と鳴ってロイが体を起こし、そのまま俺を抱きしめた。

相変わらずロイの体は温かくて、冷えた体が温まっていく。

袖《そで》から滑るように手を入れられて、くすぐったさに身を引こうとしたがそれも許されず、ロイの手は前腕を行ったり来たりさすって俺を温めようとしているようだった。

「すっかり冷えてるじゃねえか。こういうのでも風邪ひくって書いてたのに」

あれかな、飼育本かな。

あったまってくると鼻水が出そうで、ずず、と洟《はな》を啜《すす》る。

ロイがぎょっとして離れ、俺の顔をまじまじと覗き込んだ。両手で顔を固定される。

「おい、今の。鼻水だろ。風邪の前駆症状って書いてあったぞ」

「いや、あったまったから出ただけ……あの、紙ください」

インク壺《つぼ》の向こうに見えるチリ紙。俺の手はそこまで届かないので頼むと、ロイはぬっと手を伸ばしてそれを取ってくれた。

そんなにたくさんは出ないが、垂らしておくものでもないのでさっと拭《ぬぐ》った。

その紙を取ってゴミ箱らしき入れ物に捨てられる。

なんか、恥ずかしいな。洟かんだ紙を渡すのって。

「寒くないか？」

「はい」

なので放して欲しいが、まあ、無理だよな。もしかして今も魔力を流してるのかもしれない。

ロイは今度は俺の足首を掴《つか》んで引き寄せた。俺はロイの膝《ひざ》の上で胡坐《あぐら》をかくような姿勢になる。

ロイの手がすっぽりと俺の足の裏を包む。ものすごく温かいが、足の裏を掴まれると、落ち着かない。

「や……汚いから」

「気にすんな。あったまるまでな」

そう言ってすりすりと動かされると、また昨日みたいにくすぐったくて。何とか耐えるが、ロイの手は少し温まるとまたずれて、足の裏だけじゃなく、指先、足首と移動する。

「ふっ……は、――」

せめてもの抵抗にロイの腕を掴むが、それで動きがなくなるわけでもなく。俺の体は徐々に丸くなっていった。

その露出した首筋に、今度はロイの舌がずるりと這《は》う。

「ひっ、――んあっ」

恐怖と、突然の熱に俺はついロイの顔を睨《にら》むようにして見てしまった。

ロイはそんな俺を面白そうに見つめる。

「もっ、あったまったから」

「まだ冷たいぞ?」

ぎゅっと抱きしめて、首筋に唇を寄せられる。

首にかかる息から変に快感を拾いそうで、俺は必死で逃げようともがいた。

こんなところで勃たせるのだけはごめんだ。——と思ったら、ノックの音。

「入れ」

入ってきたのはカーターだった。

ロイの膝の上で、多分真っ赤になって逃げようとしてる俺を見ても表情は変わらない。

目の前の机の上にお茶と、おしぼりを置く。

「ご主人様、仕事が溜《た》まっているのはわかってますよね」

「わーかってるよ。これ飲んだらやるって」

「では、またお呼びください」

ひらひらとロイが手を振るので、カーターもすぐ去っていく。

あー、行かないで欲しいなあ。

「お前、アインに懐きすぎじゃねえか」

「ふぁっ……!」

軽く耳を噛《か》まれ、変な悲鳴が上がる。

幸い牙《きば》ではなかったから傷はつかないが、恐怖心だけはどうしようもない。

ロイは俺のその声に喉《のど》の奥で笑いながら、おしぼりで軽く俺の足を拭《ふ》き始めた。

「あいつ無愛想だから、普通は敬遠すんだけどな」

「あの、またすぐ、汚れるから……」

「今日は昨日ほどじゃないから、軽くな」

言った通り、昨日よりは軽く拭かれる。

その後おしぼりを放り投げて、ロイは手近なところに置いてあった紙袋を引き寄せた。

その中から出したのは、ふわふわした毛でできた靴。

靴と言ってもスリッパみたいに布と毛だけで作った室内履きのようだった。

「それ……」

「いつまでも裸足ってわけにいかねえだろ」

言いながらロイは俺にその靴を履かせてくれた。

ふわっふわだ。

こんな柔らかい靴、初めて履いた。

「お前の足、古傷あるから革靴だときついだろ」

昔——三つ目の家では靴をもらえないまま外で働かされて。落ちてた何かでざっくり切ったことがある。あれは数か月治らなくて、歩くのも大変だった。

それなのにお遣いとかで馬車に並走させられて。忘れたい思い出の一つだ。そんなのばっかりだけど。

「布靴でもいいんだが、お前の足はいつも冷てえから」

「これを買いに行ってくれたんですか」

「町に行く用事はあったからな。——大きさはどうだ」

俺の足にはまった靴を見て満足そうにしている。

「ちょうどいいです。ふわふわで……すごい。ありがとうございます」

ちょっと感動した。

奴隷になってから、何かを得るということがなかったから。

俺のことを思って、俺のために買ってくれるなんて。

俺はもう一度ロイの顔を見た。

「ありがとうござ……ふっ、あ」

二度目のお礼は言えなかった。

後頭部を掴まれ、乱暴に唇を塞《ふさ》がれた。

突然何だと混乱するのは一瞬で、すぐにロイの舌が俺の舌と絡まり、奥の方まで侵入してきて。口の中全部埋め尽くされるんじゃないかってくらい動き回る。

「んっ、は、はぁ、んむ……」

何か言おうとする度に、声が漏れるばかりで言葉にならない。

鼻から抜ける自分の声に、顔が真っ赤になってるのがわかる。

最後には歯の裏まで舐《な》め取られ、ようやく離れて行った。

はあはあと息を荒く乱してしまうのは、息苦しかったからだけではない。すぐに相手を興奮させてしまうこの鬼の体質のせいだ。

「そんなに嬉《うれ》しかったか？　リン」

「今ので……台無しだ」

感動した気持ちを返せ、と思った。

ロイは声を上げて笑った。

「そんな潤んだ目で見られたら、全部舐めつくしたくなる」

冗談じゃない。

「仕事、溜まってるって、カーター様が」

「あいつの名前出すな」

後頭部は掴まれたままで、唇を一舐めされる。次に首、肩とキスをされて、俺は必死で抵抗を試みた。

意外とあっさり解放されて、とん、と床に降り立つ。

まだ肩で息してしまってるけど、何とか離れた。ロイはまだ手を広げたまま、俺が戻ってくるのを待っているような体勢だけど。

戻るわけないでしょ。

俺は後ずさりするようにじりじりと扉の方へ距離を取った。

「歩いてみて、どうだ？」

「――とてもいいです」

そこは正直に言う。

ふわふわとした靴は、歩く度に足を守ってくれるように包みつつ、それでいて温かい。

「茶を淹《い》れよう」

「喉渇いてないんで」

「そんなに警戒しなくても、昼間からなんもしねえよ」

今だって昼間なのに、さっきあれだけのことをしておいてよく言えたものだ。

全く信用できないので、俺は返事もせずに執務室を出て行った。


靴を手に入れてから、俺の行動範囲は更に広がった。

毎日午前と午後、散歩がてら屋敷内を回っている。

ほとんどの部屋はもう見て回って、いくつかお気に入りの場所もできた。

厨房《ちゅうぼう》、ロイがいない時のテラス、エントランスの観葉植物横のベンチ。

リューエンが誘ってくれた訓練場は屋敷の外なのでまだ行ってない。

出歩いて十日ほど経つが、どこへ行っても友好的に話しかけられて誰かしら話し相手になってくれる。いろんな食べ物とか小物もくれるから、俺はこの世界に来て初めて穏やかな時間を過ごしている。

中でもカーターは一日一回は顔を見せてくれて、声をかけてくれる。

俺は密《ひそ》かに一番安心できる人と慕っている。

時々後をついて行って仕事の様子を観察させてもらっている。なんか、姿を見るだけで安心できるんだよな。

俺をあの檻《おり》から出してくれた人だし。

カーターは鬼人は共感力が皆無だって言ってたけど、カーターだけは俺の気持ちも感じ取ってるような節がある。怖がっていると助けてくれるし、困っていると声をかけてくれる。その辺が他の屋敷の人とは違う。

家令ってやっぱり優秀なんだな。

問題と言えば、ただ一つだ。

俺のそもそもの仕事……小姓の役目である。

俺が健康を取り戻すのに比例して、ロイの接触はしつこくなっている。

魔力を流す方は、ロイの腕の中でいつの間にか寝て、朝起きてもまだロイの腕の中だったりするのでやってるんだと思う。ロイは夜中数時間、離れてソファで寝てるらしい。

律儀に、寝ながらはやらない、という約束を睡眠より優先して守ってくれているので、悪い鬼ではないのだろうとは思うが。

――ただ、精力の方は。

具体的に精力を散らすって、結局何なのかよくわからない。

性欲を発散させるって認識で合ってるんだろうか。

だとしたら、俺を発情させる必要ないと思うんだが。

とりあえず口づけは毎晩されるし。そうなると俺は興奮してもう何もわからなくなって。ロイにいろんなところを触られながらいってしまう。ロイの方は数日に一度くらいだ。俺の手を借りたり、俺の体のどこかに密着しながら精を放ってる。

——逆じゃないか？


そんな疑問を抱えつつ、どうせどうにもできないのだという諦《あきら》めの日々を過ごし。

——その日はとうとうやってきた。

俺が買われて三か月が経とうとしている。

夜、寝室に立っていると、いつもロイが抱き寄せてベッドに誘う。

今も立ったまま、腕の中でしつこいくらいの口づけをされていた。

息も上がって、何より——下半身が反応してるのが、痛いくらいよくわかる。しかもどんどんひどくなってる。

「リン」

朦朧《もうろう》としてきた頭にロイの声が響いた。

麻薬みたいだ。頭がふわふわして、あつくて、たまらない……。

「──リン」

「ひっ、ああっ……」

耳元で囁《ささや》かれ、ついでに一舐めされて電気が走ったような感覚を覚える。

「うまいな。喰《く》ってしまいそうだ」

ロイが俺の腕を取った。

袖《そで》から見える、肉のない俺の細い腕に、ロイが口を開けて噛み付くように歯を当てる。

「や、やめ……」

べろりと舐めたかと思うと、つぷ、とロイの歯が肌に食い込み、とがった犬歯の牙がぐっと肌を突き破った。

「う、あ、あぁぁぁぁっ!!」

痛みだけではない確かな快感が、体の一番弱いところを握りつぶされたような恐怖と共に襲い掛かる。

牙で貫かれたのは首を切られた一件以来だ。かすり傷程度は何度もあって、その度に身がもだえるような激情に悩まされていた。

それが、今日は確かに牙が肌を破った。

腕を食べられるのでは、という思いは、すぐに燃えるような腕の熱さに掻《か》き消えていった。

血はさほど出なかった。ロイは自分がつけた牙の跡を満足げに見て、もう一度そこを力強く吸った。

熱い、あつい!

体が。信じられない。口づけとは比べ物にならないほどの興奮に混乱する。

こんなことで、俺――。

「ふ、ああっ？」

今度こそ立っていられなくなって、すっかりロイにもたれかかるようになってしまった。

完全にロイに抱え上げられながら、息を整えるのに必死だった。

下着のべたりとした不快な感覚が、自分が精を放ったのだと教え、愕然《がくぜん》とする。

嘘だろ。

噛《か》まれてイッたのか？

「いい反応じゃねえか」

ロイは俺を軽々と運んで、ベッドの上に下ろした。

俺の足の間にロイが入る。その体勢と、いつもよりも興奮したロイに、金縛りにあったように動けなくなった。

一度達したから、僅《わず》かに熱がひいている。本当に僅かだが。その頭で必死に考えた。

精力を散らすって、やっぱりそういうことだったのか。最後まで、するのか。

大きな体を見上げると、赤い眼が獲物を見るように俺を見つめていた。

「そんな怖がるなよ」

「や、いや、だ」

ガチガチと歯が鳴る。

やっぱりこうなるんだ。

奴隷は徐々に使えなくなったら、最後は性奴隷だって誰かが言ってた。

結局のところ、俺も性奴隷として買われてきたんだ。

こんなでかい鬼相手に……。

俺が後ずさるのを追いかけるようにロイがベッドに上がってきた。上半身の服は脱いでいる。

力が入らず、抱えられて膝《ひざ》の上に乗せられた。ロイの体もいつもより熱い。

「リン、心配するな。痛くねえから。ほら、痛み感じねえだろ？」

そう言ってロイが俺に爪を立てる。

確かに、感覚はあるが痛みはなかった。

「噛んで痛覚を麻痺《まひ》させたんだ。──しかしお前……」

ロイは実に楽しそうに笑った。一体何がそんなにおかしいのか、俺の濡《ぬ》れたそこを見て。

「溜《た》まってたのか。噛まれただけで」

溜まってるわけないだろ。毎日出してるのに。

毎日されたら、逆にどんどん敏感になってる気がする。確実に性欲は溜まってないのに、夜になるとそわそわするだけじゃなくて、ロイの手が触れるだけでも勃つんだから。

「感度はいいのに、よく今までそっちで使われなかったもんだ」

ロイはぬっとズボンの中に手を入れてきた。

くちゅ、と恥ずかしい音が鳴る。

「や、はぁ、あ……」

ロイの大きな手が、包み込むように濡れたそこを握り、くちゅくちゅと音を立てながら緩やかに刺激する。

そこはすぐに芯《しん》を持ち再び勃ち上がってきた。

「や、いや、はなし——ああっ」

身を捩《よじ》って逃れようとすると強く扱《しご》かれて、思わず声と共に達しそうになる。

「我慢するなよ」

「嫌だ、いや、だ、ああ……っん」

嫌だと言ってもやめてもらえないのはわかっている。それでも逃げたくて仕方なかった。

ロイの手が速く動く。もう一方の手が、器用に上のシャツをいつの間にか脱がして、胸の突起をいじりながら逃れられないように固定されている。

子供のようにロイの膝の上で、せり上がってくる快感に俺はがくがくとまた膝を震わせた。

「や、で、出る……やめ、や——あ、ああっ!!」

訴えも虚《むな》しく、今度はロイの手の中に、びくん、と精を放ってしまった。

解放感と脱力感とに力なくうなだれる。

もう嫌だ。

どうやっても終わらないとわかっているけれど。

ロイが、今度はズボンを下着ごと下ろした。

恥ずかしさよりも恐怖が勝つ。

痛みはないと言われても、未知の恐怖に背筋に冷たいものを感じ、汗が噴き出てくる。

そのくせ下半身には相変わらず熱を感じ、一体俺の体はどうなってしまったのか、もう頭は混乱して何も考えられない。

ロイの指がつ、と後ろの窄《すぼ》みに入ってきた。ぬめりはおそらく俺の放ったものだ。

確かに痛みはない。あるのは圧迫感だけだ。不快な圧迫感がずっと中でうごめいている。

「う、うう……」

しばらく後ろをいじられ続けて、嗚咽《おえつ》か鳴き声か、自分の声なのに何なのかわからない声がずっと漏れている。

指が増やされて、時折たまらない吐き気に襲われ、何度かえずくものの、吐けるものは何もない。

そのうち、後ろも熱くなってきて、もうこれを終わらせてくれるのなら何でもいいという気持ちになってきた。

こんなことなら、あの時拒否しなければよかったんだろうか。

預けられた貴族の家で、その当主に夜の相手を命じられて……。必死で逃げようとして、いろんなものを壊して怪我をさせた。

公にはなっていないが、あれが奴隷になったきっかけだ。

あの時はまだ、生きたいと思って足掻《あが》いていたけど。

「何を考えてる？　――余裕だな」

ロイが俺の前髪をかき上げてきた。

ずっと感じていた後ろの圧迫が抜き去られ、視界が開けてふと目をやると、ロイの反り立ったそれが目に入る。

「ひっ……」

「その反応はねえだろ」

うつぶせに寝かされて尻《しり》を持ち上げられた。

ぴたり、とそれが後ろにあてがわれる。

あまりの恐怖に体が動かなかった。

――あんなでかいの。死んでしまう。

ぐ、ぐ、と体重と共にゆっくりと入ってくる。

言っていた通り痛みはなかった。恐ろしい圧迫感と、隙間を埋めていく変な感覚。

死ぬかもしれない。

死んでしまう。――死？

ふと、霞《かすみ》がかった頭に冷たい風が通り抜けたようだった。

死ねるかもしれない。

ここ数年は、ずっと死ぬ方法を探していたじゃないか。

そう思うとふっと体の力が抜けた。

怖がることはない。痛みもないんだ。

やっと、終わりにできる。

そう思うと、この男の巨大なものが入ってくるのも抵抗はなかった。

むしろ、受け入れると熱さは快感をどんどん拾っていく。

「う、うぅぅ……」

涙が止まらなかった。

何もいいことがなかった。

一つとしていいことのない、ひどい世界だった。そう思うと悔しさか悲しさか、涙が止まらない。

「リン？　泣いてるのか」

ロイが動きを止めた。

「止《や》めないで……つづ、けて」

やっと安らぎを与えてくれるかもしれないそれを、やめて欲しくなかった。

熱っぽく掠《かす》れた声に、ロイは少しぎょっとしたように止まってから、ゆっくりと俺の体を抱きしめるように起こした。

「大丈夫か？　やめてもいいぞ」

熱に浮かされたようになりながらも、必死で頷《うなず》く俺に、ロイは優しいキスをした。

そんなのいいから、早く……。

「この姿勢のが楽だろ――少しずつ」

少しずつとは言われても、苦しいのは変わらなかった。向かい合って抱きしめながら挿入される。

ロイは俺の萎《な》えたそれをゆっくりと刺激した。

「っや、あ、あああ、やっ」

やめて、とは言葉にならなかった。

ロイがまた俺の口を塞《ふさ》いだ。また舌で蹂躙《じゅうりん》するように舐《な》め取られ、体の中心部からあの快感がせり上がってくる。

「っく、リン……お前」

ロイが急に苦しそうに呻《うめ》いた。

「なんだ、これ……すげえ……お前、本当にはじめてか……？」

ロイが急に腰を打ち付け、抜き差しを開始する。そのあまりの激しさに、息ができなくて声も上げられなかった。

出血死かと思ったけど、窒息して死ぬのかも……。

苦しいけど、それを上回る快感に、恐怖はそこまでなかった。

「ああ……リン。うねって、搾り取られる……リン、――リン！」

何度も名を呼ばれ、唇を塞がれて。もう何度目かわからない絶頂に、全身が痙攣《けいれん》するのがわかる。

後ろに、生温かな感触がジワリと広がった。

「リン。――こんなに早く出ちまったのは初めてだ」

ちゅ、と首筋に口づけられ、びくびくと体が跳ねる。

「うおっ、お前、こんな……」

ましになった圧迫感がぐぐ、と増す。

まさか。——こいつ、また。

ぎょっとしてそこを見ようとしたのに、ロイの手が腰を掴《つか》んで、その刺激で体がびくびくと痙攣した。

「ふぁっ、あ、ああ、あん」

快感の波が引かない。

少しの刺激で何度でも達した時の快感が戻ってくる。その度に中がうねり、波打っているのが自分でもわかる。

「お前……まさか、ずっといってるのか」

するりと腰を撫《な》でられて、またびくん、と跳ねる。

知らない。こんな感覚。

「くっ……こんな、収まらねえ……」

ロイは体を起こし、俺を横たわらせてまた動き出した。

なかなか意識を手放せなくて、汗か涙か、もう訳がわからなかった。

後ろはずっと痙攣している。全身がびくびくと跳ねて、その度にぎゅうぎゅうと後ろを締め付けてしまう。

「リン……ああ、リン……」

ロイが何度も名前を呼び、腰を打ち付ける音が聞こえる。

ようやく視界がすうっと暗くなっていくのを感じて、喜びに震えるようだった。

ああ、やっと、解放される。

名前を呼ぶロイの声に、苦々しく意識の隅で思った。

——俺の本当の名前は凛都《りんと》だ。

誰も呼んでくれない、元の名前……。


朝だ。

ふかふかのベッドの上で、裸だけどちゃんと布団をかけて寝ていた。

ツヤツヤとした気持ちのいい生地が肌をくすぐる。

それとは対照的に全身が重く、特に下半身の骨という骨が砕けているような痛みに身動きが取れない。

視線を巡らすと、いつもの部屋のベッドだということはわかる。

——死ねなかった。

絶望だ。

あんなに苦しくて、つらくて、……それなのに死ねなかった。

まだ終われない。

こんなにみじめな思いをしているのに、まだ続いていくんだ。

しかも最悪だ。性奴隷としての生活がスタートしてしまった。

鼻の奥がつんとして、涙が流れてきた。

涙なんて最近はあまり流していなかったけど。

望みを持った後にだめだったから。


「——たったの一晩でなぜこういうことになるのでしょう」

隣の部屋くらいの距離から聞こえてくる。カーターの声だ。

「いや、俺もここまでするつもりはなかったんだけどな」

「折れそうだと仰《おっしゃ》っていたではありませんか。壊れやすいものを優しく扱うことがそれほど難しいことでしょうか」

「難しい。あれは理性をなくす——それより、出してきたか」

「……はい。よろしいのですか。宝物庫のものを、同意なく」

「使わねえと死ぬかもしれねえだろ」

「少なくとも二度と立ち上がれないでしょうね」

「はあ……まさか本当に握っただけで折れるとは思わねえだろ」

二人の足音が近づいてくる。

心臓を掴まれたような恐怖で動けない体が更に強張った。

でも、本当に痛くて全く身動きできない。

「――あ、起きちまってたか」

ロイが上から覗《のぞ》き込んでくる。間近で目が合った。

「寝てる間に着けてやりたかったのに。痛かっただろ――お前、泣いてたのか」

赤い眼が見開かれた。

大きな手が目尻《めじり》を拭《ぬぐ》う。

「どうした。痛いのか？　すぐ楽にしてやる」

楽にしてくれると言うのなら。

「――して」

「ん？　なんだ？」

声が掠れて、声になってない。それでも必死で声を絞り出した。

「ころ、して……」

無理に声を出したから、喉《のど》のあたりに何か引っかかったようで、激しく咳《せ》き込んだ。その咳き込むのが、もう、激痛だった。

全身が雷に打たれたような痛みに、息も止まって固まった。

声にならない悲鳴が喉の奥で空振りして鳴った。

浅い息を、絶え絶えにつくしかない。

「――ああ、待て、喋《しゃべ》るな。先にこれを――」

そう言ってロイが指輪を差し出して、ぐっと指にはめる。

息もできないほどの痛みがすっと引いていった。

「どうだ？　一角獣の角で作った指輪だ」

とりあえず起き上がろうとすると、そっと肩に手をやられた。気づかなかったが、カーターも横にいた。

「リン。貴方の下半身の骨は文字通り砕けてしまっています。痛みがなくなってもまだ動いてはいけません」

「この指輪をしていれば、今日中には治る。このまま寝てろ」

砕けた骨が一日で治るなんて、聞いたことがないが。

じわじわと痛かったところが心地よい温かさに包まれていくのを感じる。これは本当にすごい速度で治癒していっている気がする。

「途中から理性を失って、無理をしてしまった」

上半身が動くようになって、俺は指を見た。白い象牙《ぞうげ》に似た指輪がはめられている。

それを抜き取ろうとして――ロイの手に阻まれる。

「何してんだ。取ったら治らないだろう。泣くほど痛いんだろうが」

俺は歯を食いしばった。ロイの手はびくともしない。

また涙が溢《あふ》れそうになって、必死でこらえようとして、それでも無理だった。みるみる視界は滲《にじ》んでいった。

「――リン？　まだ痛いのか？　どうした」

「ふ、うぅぅ」

どうしただって？　嫌だと言ったのに。

無理やり犯しておいて、どうしたって？

わかっている。これがこの世界の普通だって。このために買われたんだって。

それにしてもあんまりだ。

あんなに苦しくて痛くて、つらかったのに。

それでも死ねないなんて。

これで回復したら、またあれをさせられるんだろうか。

嫌だ。でも、拒否したらまた売られる。

どうしたらいい。

「――これ、いらない」

指輪を外せば、あの激痛がある。あれだけ痛いんだから、じきに死ねるんじゃないだろうか。

「馬鹿を言うな。骨がばらばらになってるんだぞ」

「いい……いいです」

外そうとして、それでもロイの手が強すぎて全く動かない。外そうとするのを阻む手が痛いほどに握られている。

「待て、やめろ」

命じられて条件反射で手が止まる。

命令に従わないからと言って直ちに、というわけではないが、この首にはめられている首輪は、主人が発動させると強い苦痛をもたらす。舌まで痺《しび》れる恐ろしい罰に、この六年で命令に絶対服従するようしつけられてきた。頭より体が先に反応する。

この首輪は一目で奴隷とわかり、最も簡単な手綱でもある忌々しい道具なのだ。

「とにかく、治ったら聞いてやるから、今は体を休めろ」

大きな手が頭を撫でる。

こいつは誰のせいでこうなってると思ってるんだ。それを、よくも労《いた》わるような素振りを見せられるものだ。

怒りが湧いてきたが、それを表に出したってろくなことはない。

俺は拳《こぶし》を握りしめて耐えるしかない。目をつぶって、せめて何も見えないようにした。

「リン、何か食べられますか?」

カーターの声に首を振って応えた。

「外傷は指輪が治してくれます。しかし、食べなければ元気にはなりませんよ」

「おかゆがいいか?」

どうでもいいから出て行って欲しい。一人になりたい。

それを言う気力もなかった。

「アイン、指輪は効いてるんだよな」

「――来てすぐ頸動脈《けいどうみゃく》を噛《か》み切《き》られ、やっと治ったと思ったら今度は骨を砕かれたんですよ。治ればいいというものではないでしょう」

「…………」

「とりあえず食べられそうなものを準備いたします」

そう言ってカーターは部屋を出て行ったようだった。

その後果物やらおかゆやらが運ばれてきたけど、食べる気にはならなかった。

食事どころか、水すら飲む気力が湧かず、丸一日ベッドで寝て過ごした。

そっと指輪を外してみようかとも思ったが、命令に逆らってまで死ねる保証もないのにそれをする気にもやはりなれず。

寝たり起きたり、起きてもぼうっとして過ごした。

一日経って、本当に骨はくっついたようだ。

動かなくなっていた下半身が問題なく動く。

医師が診察して、動いてもいいでしょう、と言われる。

そうは言われてもベッドから起き上がる気にもなれず、俺は寝たままロイに手を差し出した。

「ありがとうございます。これ、返します」

指輪を取ろうとするとロイが押し留めた。

「持ってろ。魔力のないお前を補うのにちょうどいい。いつか持たせようと思ってたんだ」

「でも……貴重なものだって」

「必要なところに使ってこその宝だろ」

いらないが、どうでもよかった。

「――そろそろ飯を食ったらどうだ」

「いりません」

そう言って目を閉じる。

ロイが額に手を当ててくる。魔力を流しているんだろうか。

「この指輪があれば、魔力のある人間くらいには、怪我もしにくくなる。過ごしやすくなるはずだ」

「………」

それじゃあ、更に死ににくくなったってことだ。

少しも嬉《うれ》しくない。

それでも会話する元気もないから、返事もせずに目を閉じていた。

「リン……悪かったよ。本当に俺が悪かった。これからは細心の注意を払うから」

その言葉が、これからも続くのだと言われているようで。ため息が出る。

それならなんでこんなに優しくするんだ。

いっそ、好きなように扱ってくれたらいいのに。奴隷らしく、道具のように。

「リン。何か食べたいものないか?」

頭を撫《な》でられ、いつまでも話しかけられて。

俺はうんざりして目を開けた。

心配そうに覗き込む顔が、心なしかいつもより活気が……あるような。

――そうか、魔力精力を発散できると、こんなに元気溌剌《げんきはつらつ》な様相になるのか。

それに気づくと、無性に腹が立ってきた。

腹が立つ元気がまだあったのも驚きだが、ロイのさっぱりした顔を見ると怒りが湧く。

心配してるかのような態度を取っておいて、なんだよその顔。

一体誰のせいだと思ってるんだ?

下半身の骨がバラバラになるってどういうことだよ。

そこまでしといて、自分はさっぱり元気になってるとか。

「リン? 痛いのか?」

俺の表情を勘違いして、覗き込んでくる。

俺は寝返りを打ってロイに背を向けた。

「アイス」

「――ん?」

「アイスなら食べれる」

「アイス？　って、なんだ」

そうか、アイスもないのか。

答える元気もなくて俺はもう一度目を閉じた。

もう話す気はないというのは伝わったのか、ロイは俺の髪にキスをして出て行った。


ロイが出て行ったまま、翌日になった。時折カーターが訪ねて様子を窺ってくれる。

「ご主人様はあの通り、鬼人の典型のような人ですから……思うことは口に出すようにしなさい」

「そんなの……俺は奴隷で、買われた身だから」

「それでも、思うことを言うのは自由でしょう。――貴方が制限されているのは居場所と財産であって、どうあるかまでを縛ることはないのですから」

「そんな――」

そんなこと、あるはずない。

六年間の奴隷生活で、人権なんて欠片もなかった。

発言の自由も、思考の自由もなかった。そうしなければ生きていけない。

「――まあ、うちは奴隷を買うことはあまりないですから、他とは違うのかもしれませんが」

「だって……」

言いかけて、俺は言葉を飲み込んだ。

「だって、なんです？」

首を振ってなんでもない、と言ったがカーターは許さなかった。

「言いかけてやめるんじゃありませんよ」

ベッド横に腰掛けて、カーターはグラスに水を注いだ。それを渡されると、反抗心もなく俺も飲む。

水を飲むと渇きが満たされ、滑るように言葉が出てきた。

「いやだって……言っても、やめてくれない」

「は、――」

カーターの珍しく歯切れの悪い反応に、俺も黙り込んだ。

しばらくしてカーターは空になったグラスを受け取り、こほん、と咳払《せきばら》いをする。

「そこは、ご主人様と話し合ってください。できればお互い冷静な時に」

「…………」

話し合ってどうこうなるものでもないと思うが、俺はとりあえず頷《うなず》いた。

カーターは俺の頭を撫でた。

「早く良くなるといいですね。元気になったらまた私の仕事を手伝ってください」

手伝うだなんて。ただ後をついて行って、ちょっと荷物を持ったり、物を片付けたりしただけなのに。

それでもそう言ってもらうと、すごく嬉しい。

俺は少し温かい気持ちで頷いた。

カーターが笑った気がして、珍しいなと思ったら、俺の締まりのなかった口に何か放り込まれる。

カラン、と入れられたそれは途端に甘く口の中に広がった。

飴玉《あめだま》だ。

「これ……」

「天露《あまつゆ》を集めた砂糖菓子です。甘いものが好きなんでしょう？」

鬼はあまり菓子を食べないらしく、ほとんど甘いものは出たことがない。屋敷の人がちらほらとくれるくらいだ。

好きかどうかはわからないが、お菓子は貴重だし、長らく食べてないと欲しくなる。

俺は頷いて顔を綻《ほころ》ばせた。

「いい子にしていたらまたあげます。まずは、きちんとご飯を食べなさい」

「――欲しくないんです」

再び沈んだ俺の頭をカーターが黙ってまた撫でた。


ロイは結局、その日の夜遅くに帰ってきた。

「リン、アイスだ」

そう言って、そろそろ寝ようとしていた俺の目の前に、ぬっと出されたそれは。

確かに見た目はバニラアイスだった。

「アイス……あったんだ」

「知らねえ食べ物だから、王都の人間に聞きに行ってきた。氷がないと作れねえってんで、フロストドラゴンを探してたら遅くなっちまった」

もう春も近いから雪もない。王都でも、冬は時々雪が積もるが。

なんかドラゴンとか言ってたけどそこは気にしないでおく。

それより……。

俺は目の前のそれに釘付《くぎづ》けになった。

白くて、ツヤツヤ光ってる。

アイスだ。

「ほら、溶ける前に食え」

スプーンですくって目の前に出され、俺は迷わず食いついた。

甘くて、ひんやり、口の中で溶けるミルクの優しい味……！

アイスだ！

ロイがまたすくって持ってくるので、すかさず口を開ける。

「っはは、気に入ったのか？」

手を伸ばすと器とスプーンを渡してくれた。

俺はあっという間に食べてしまった。

たまらなく、おいしかった。体中に染み渡るようだ。

感動で動けない俺の手から空になった器とスプーンを取って、ロイは俺を抱き寄せた。

「機嫌直ったか？」

肩を抱いてちゅ、と頭にキスされる。

なんで俺が拗《す》ねたみたいな感じになってるんだ？

そんなレベルの話じゃないだろ。

——でも、怒ってたはずなんだけど、俺の口はアイスの余韻でまだ幸せな気分が続いてるから。

もういいかという気になる。

よくないけど。どうしようもないし。

「アイスはもう終わり？」

「氷の魔石とってきたから、いつでも作れるぞ。たくさんは無理だけどな」

ロイが身を屈《かが》めて、唇を重ねてきた。

冷たくなった俺の舌を、ロイの舌が確かめるように動く。それがいつもより熱くて、気持ちいいような気がする。

錯覚だ、こんなの。

いつまでも慣れない行為のはずなのに、ロイの舌の動きを追いかけそうになる。ロイの舌は俺の舌を味わった後、ぐるりと口内を一周して、今日はあっさり離れた。

ペロリと自身の唇を舐《な》めてロイがにやりと笑った。

「甘《あめ》えな」

体が火照《ほて》り始める前に、俺はロイの体から離れて、背を向けて横になった。

「――もう、寝る」

「明日からは飯を食えよ？　そしたらデザートにアイス出してやるから」

「…………」

約束はできない。けど、食べるんじゃないかなと思った。

アイスの甘くて冷たいのが、じわりとお腹にたまった気がした。

――俺は受け入れないといけないいんだろうか。

あんなに絶望して、怒って……。

この世界は相変わらず嫌いだけど。この屋敷の人達はみんな優しい。

初めて人並みに扱われて、この世界にもまともに接することができる人がいるんだって気づいたから。

ろくでもない仕事だけど。絶望のままではなかった。

少しお腹に入ったせいか眠くなって、俺は目を閉じた。

ロイがごそごそと動いて、背後から俺を抱きしめる。

まだ寒さの残る夜だから、背中の温かさは不快ではなかった。

翌朝。

目が覚めると、見慣れたロイの顔がいつものようにある。

が、ロイは寝ていた。

気持ちよさそうに寝ている。

「寝ないんじゃなかったのか」

幸い俺の体は無事で変に興奮もしていない。

ただ、いつの間にか向かい合って抱きしめられているだけだ。心地よい温かさに包まれている。

指輪の効果だろうか。いつもロイと寝ると思うように寝返りも打てないから、毎朝ガチガチに痛かった全身が、全然平気だ。

力が強くて抜け出ることができず、俺はロイをゆすった。

「ロイ様」

起きない。

叩《たた》いてやりたいが、きっとそんなことをしてこの鋼の皮膚に負けるのは俺の手の方だろう。

試しに上腕をつねってみても、ロイは起きなかった。弾力はあるので本当に鋼というわけではないが、それにしても硬い。力を入れてないのにここまで盛り上がっているなんて。

鬼だからなのか、鍛えているのか。

ふと、俺はロイの上腕にかじりついてみた。

いつも噛《か》まれているからお返しに噛んでみようと思い立ったのだ。

硬い。焼きすぎた肉？　テニスボール？

うまい表現が見つからないと思いながら離れてみる。跡すらつかないんだな。指でなぞってみても、歯形もついてない。

「――リン」

呼ばれて見上げると、ロイが目覚めたようだ。

流石に噛まれたのは気づいたんだろうか。目が合うとロイは俺の頬を撫《な》でながらご機嫌の様子だった。

「朝から可愛いことするじゃねえか」

やっと起きたので解放されるかと思ったが、ロイは俺をぎゅっと抱きしめ、首筋に舌を這《は》わせた。

「っちょ、やめ……」

「俺も噛みてえ」

「ひゃっ……」

傷の近くに牙《きば》を立てられ、体が固まる。

いつもならこれでびりりと皮膚が破れてたまらなく熱くなるのに、今日は牙に押される感覚はあるが破れはしなかった。

「――いいか？」

「い、嫌だ」

即答した。すると意外なことにあっさりとロイは離れた。

牙を当てていた首筋を指でこする。

びくりと俺の体が反応したら、それで満足そうに笑っている。

「――人並みに皮膚が強くなったな」

「え……」

どういう意味かと思ったら、ロイが俺の手に嵌《は》まった指輪を指した。

「魔力のある人間程度には強くなってる。――寝ながらお前の肌を傷つける心配がなくなった」

それで寝ながら魔力を流すのを再開したのか。

「飯にするか」

そう言ってロイは伸びをして部屋を出て行った。


俺の食事には毎食後アイスが付くようになった。俺はアイスのために少し頑張って食事をとるようになった。

食後は軽く屋敷を散歩する。

そうすると、屋敷のいろんな人が声をかけてくれる。

一階の玄関ホールのベンチには、いつもブランケットが置いてある。厨房《ちゅうぼう》のカウンターには俺が座るところにクッションがある。

よく行く場所が、行く度に快適空間に進化していってる。

「リン、これ、王都で買ってきたんだけど」

そう言ってクッキーをくれたり。

「裏庭でとってきたぜ！」

と、甘酸っぱい苺《いちご》みたいなのをくれたり。

みんな仕事の手を止めて話しかけてくれる。

俺は、屋敷で働く人の名前は多分全員覚えた。

歳《とし》が近いからというのもあって、クレンとは特によく一緒にいる。

一階の奥に作業部屋があり、クレンは主にそこで仕事をしている。他にも何人か作業する人がいて、俺の最近の居場所になっていた。

労働してる空間って落ち着くんだよな。

しかも、クレンのやる作業は単純作業で、結構楽しい。

今は厨房からの作業で、硬い殻の実を割って薄皮を外す作業。クレンが金槌《かなづち》で割って、俺はせっせと殻を外してる。

その横で、ドミニが薄皮を剥《む》いていく。

「ドミニ、掃除担当じゃなかったの？」

「今休憩だからな」

いつの間にか参加していたが、休憩時間にまで働くなんて。

俺は楽しそうににこにこと作業しているドミニを見つめた。確かにその鮫肌《さめはだ》の手は、薄皮を剥くのに最適なようだ。

「仕事熱心なんだね」

「ぶふっ……ないだろ！」

クレンがガン、と金槌を下ろした。

「リン目当てだっての」

「目当てって。何も出ないよ」

ドミニは実から手を放して俺の方に身を乗り出した。

「何言ってんだよ。近づいても逃げない人間なんて、リンくらいじゃん。貴重な存在だよ」

近づいてもって。この鬼達の目には、俺が小動物のように見えてるんだろうか。

まあ、一捻《ひね》りで潰《つぶ》れる生き物だもんな。

近寄ってこない種族で、でも構いたい……。人間で言うと、インコとかうさぎみたいなもんか。

俺は子供の頃飼ってたハムスターを思い出した。

手のひらで忙《せわ》しなくひまわりの種を齧《かじ》る姿がいじらしくて可愛くて、手に乗せた温かさがたまらなく愛《いと》おしかった。

——ああ、そんな感じだ。

今もまたドミニによしよしと頭を撫でられながら、されるに任せている。暇さえあれば触ってくるんだよな、この屋敷の人達。

それにしてもドミニはいつまでも撫でているので、見かねてクレンがため息をついた。

「ドミニ、ほどほどにしとかないと主人様に潰されるぞ」

「っ、怖いこと言うなよ」

「知ってるだろ主人様がこれまでになくリンを大事にしてんの」

そうだろうか。

ロイも、俺を構うのはペットに対するそれとよく似ていた。

目が合えば寄ってきて構い倒すが、手を離れたらさほど関心はないんじゃないか。

執着は感じない。

「俺が虚弱だから、壊さないようにしてるだけだよ」

「いやいや……わかってないな、リン」

クレンがくるくると金槌を手のひらで回転させた。

すごい。俺だと怪我しそうでできないなそれ。

「前の奴となんて、すげえ険悪だったし」

「あー、殺し合いになったっていう？」

その奴隷もすごい。首輪があるのに反抗しようと思うなんて。

いくら力があって主人を殺せるかもしれないと思っても、そんなこと考えもできない。後が怖すぎる。

——いや、俺も、まだ奴隷になりたての頃ならそうだったかもしれないな。

今じゃ全くそんな気にはなれない。

痛くてつらい思いをどうやって避けるか、それを考えるために思考は全振りしてる。

「とにかく、主人様の方も今までと違うって」

だとしてもあれは、ただ、有用だけど壊れやすい道具に対するようなものだ。愛情があるとしても、ペットへのそれと同じ。

——対等な愛じゃない。

それくらいはわかる。

だからって、別に何とも思わないけどね。

俺は殻を剥《は》いだ実を乱暴に器に投げ入れた。


夜。俺は夕食後には寝室でロイを待つ。

以前と変わったのは、あちこち傷つかなくなって、訳がわからなくなることが減った。——ような、気がする。

いや、気のせいかもしれない。記憶が前より残ってるっていう、いたたまれなさが増しただけ。

相変わらずロイは毎晩口づけてきて、その度に俺は興奮して、どうしていいかわからなくなってる。

今夜もロイは寝室に入ってくるなり、俺を捕まえて口を塞《ふさ》いだ。

遠慮がなくなってロイは以前よりも激しく口づけるから、時々唇にロイの牙が当たる。

もうそれくらいじゃ傷つくことはないのに、ロイの牙が当たると身が竦《すく》むようで、それが興奮を後押しするような変な感覚だった。

「っ、は、あ、あふ」

激しくて絶え絶えに、何とか呼吸を繰り返す。

口づけだけで立てなくなる俺を、ロイはいつもと同じく軽々とベッドに運ぶ。

ベッドの上でロイは座っているのに、体格差のせいで俺は膝《ひざ》立ちだ。頭を固定されて口づけを受け入れる。

とは言っても、力が入らないからほとんどロイにもたれかかっている。

ロイの手が何度か尻《しり》をまさぐって、やがて中指が割れ目をなぞる。

「……は、はぁ、ん」

口づけに合わせながらそこを撫でられ、自分でもきゅっと反応するのがわかる。

前が痛いくらい勃ち上がって、ロイの腹筋に擦り付けるようになってしまって。離れたいのに、離れられない。

「ふっ……」

ロイの手がズボンを下ろし、割れ目を直接なぞる。

「誘ってるみたいに動いてる」

「言わな、で――ぁあ！」

抵抗しようとした途端、ずぷ、とロイの指が割れ目から中へと侵入した。

「あ――あぁ、う……」

ぬぷ、と遠慮もなく侵入したその指は、すぐにゆるゆると動き、中の刺激を開始する。

「あ、あ、ぁあ……」

指を入れられてすぐに、くちゅ、と音を立てながら中を探るように動かされる。どうしたわけか俺のそこはロイに触れられると水音がするほど濡《ぬ》れるようになった。

男でもそうなるものなのか、鬼の力の一つなのか。そっちの知識に乏しいままこの世界に落ちてきた俺にはわからないが。これがあるせいで一層快感を拾うのは間違いない。

ロイはすぐに見つけた俺の弱いところをトントンと叩《たた》くように刺激する。

「あ、っく、だ、だめ、それ……すぐいっ――」

びくびくと体が痙攣《けいれん》し始めるとロイはグッと強くそこを潰すように圧迫した。

「あっ、ああ……！」

俺はあまりにも呆気《あっけ》なく、射精してしまった。

はあはあと息を整える間、ロイは俺を抱きかかえ、服を脱がせながら余すことなく肌を撫でる。全身全て確かめるように触られる度、俺の体は達した余韻とでビクビクと震える。

その度にロイが楽しそうに笑っている。

胸の突起をわざと何度も掠《かす》められ、その度に軽くいったようになるのがつらくて、俺は体を丸めて背を向けようとした。

しかしそれは許されず、ロイに両足を抱えられる。

入り口の窄《すぼ》まりにピタリとそれが当てられる。

もう何度か受け入れたそれは、当てられるだけで呑《の》み込もうと動いてしまう。

ロイがその入り口を楽しむように当てたまま口づけてきた。ロイの舌が荒い呼吸と共に差し込まれ、舌を絡ませる。

俺はもうこの頃になると、もどかしくなって自分からロイの舌に吸い付いてしまう。早く欲しいと、口で言えないから必死でロイの分厚い舌に訴える。

「ん、ぅぷ……はぁ、あぁっん」

舌を絡ませ、吸い付き、舐《な》めとる。味わう度に感度がどんどん増していく。

唾液《だえき》が混ざり合って口の端から溢《あふ》れる。

「すげぇ……俺の先っぽに、ちゅうちゅう吸い付いてくるぞ」

「もっ、いいかげんにっ、――ふ、はぁぁあ？」

口を離して文句を言った途端、一気に貫かれる。

「またいったのか？　うねってるぞ」

「あ、あぁ……だめ、も、そ、また」

苦しいはずなのに、すっかり慣れてしまって、この野蛮なペニスが中を押し広げる感覚が――恐ろしく気持ちいい。

俺のこの中はどうなってしまったのか、ロイのそれを受け入れた瞬間から喜んできゅうきゅうと締め付ける。そうすると俺自身もたまらなく快感ばかり拾って、もう訳がわからなくなる。

「ああ……リン、そんなにされるともたない」

「ま、って、いまうごか……っく、ぅぅ」

一度動かれただけなのに、甘く痺《しび》れるような、それでいて深く終わりのないような絶頂が全身を駆け回る。つま先まで快感の波にのまれて体が痙攣する。

「っは、射精《だ》さずにいけたな」

「んあっ、や、あも、……っ」

射精したかどうかなんて、もう見る余裕もない。それでも確かに、弾《はじ》けるような快感じゃなく、ずるずると深く重たい、逃れられない快感が押し寄せる。

「何度でもいけるなこれで」

「っや、や、も、こわ……い、こわい……」

「リン。──リン」

名前を呼ばれ、口づけられる。またびくびくと体が跳ね、後ろをぎゅうっと締め付ける。

「──っく、リン……そんなにうねって……ああ、くそ！」

ロイが抜き差しを開始した。

俺はただでさえ連続で絶頂して全身が過敏になっているのに、追い打ちをかけられて息もろくにできない。

「はあ……リン……お前の中、うねって、動いて、やべぇよ……最高だ」

「あ、あ、も、だめ……あ、っく、う、ううっ……！」

ロイの精が中に放たれる。

その刺激でまた俺はびくりと体を震わせた。

「――う、おま……最後まで」

ロイが呻《うめ》きながらずるりと己のものを抜いて、ようやく俺は息を吐いた。

荒い呼吸を繰り返しながら必死で酸素を取り込んでいるのに、ロイが触れるとそれだけでまたびくんと体が動く。

「――んあっ、やめ……さわらな、で」

触られるだけで何度でもいってしまう。

つらすぎる。

ロイは俺の快感の波が引くまで、シーツにくるんでその上からそっと抱きしめる。

離れてくれた方が早く引いていくと思うのに。それでもこの温かさにも慣れていく自分がいた。

「リン……」

何度も自分の名前を呼ぶ声に、ぶるりと震えたのは、余韻か寒さか。

俺は半ば無意識でロイに自分の体をすり寄せて暖を取った。

温かくて心地いい場所を見つけて、ふうっと息を吐く。目の前のロイの筋肉がピクリと動いたような気がしたが、もう意識を手放しそうでそれも定かではない。

「ああ、リン。可愛いなあ……」

そう言って何度も髪にキスをするロイの声を聞きながら、俺はその日もそのまま深い眠りについた。

2　屋敷の外に出る

朝の気怠《けだる》さもさほどないのは、この指輪のおかげかもしれない。

やった翌朝、いつもロイはいない。いつの間にか体も綺麗になっているし、着替えも済ませられている。

魔力を流す日はただくっついて寝るだけだから、俺も早く目が覚めるしロイも俺を抱いたまま、まだ寝てる。最後までやられた日は疲労困憊《こんぱい》で寝込むから、朝が遅くなるせいだろう。

ロイは、本当は毎晩やりたいけど魔力を流す日も必要だからって言ってた。あんなのが毎晩とか、冗談じゃない。

昨日みたいにやった日は……この翌朝のやるせなさが、どうしようもなかった。

「はあ……」

大きなため息が広い部屋に響く。

俺は枕を抱えて目を閉じた。

そうすると昨日の痴態が思い出される。

「あれ……俺昨日――」

思わず独り言を言ってしまった。

昨日、一度も前を触られていないことに気づいてしまった。

嘘だろ。

昨日は後ろだけで終わってる。

前を刺激されずに達して、最後は射精《だ》すことすらせずに……。

――日に日に性奴隷らしくなっていってるじゃん。

俺はどこまで落ちていくんだろう。

頭を抱えて暗い気持ちになりそうなところで、ノックの音がしてクレンが部屋に入ってきた。

「おはよー、リン。起きてるか？」

「うん」

クレンは朝は忙しいので、てきぱきと机に朝食を並べていく。

机に並べられた料理から湯気が立っていて、俺は自然と身を乗り出した。

白くてふわふわのパンに、みずみずしいサラダ、カリっと焼いた燻製《くんせい》肉、甘い香りのするポタージュスープ。

すっかり人間の朝食になって、しかも日々進化していってる。

「今日も豪華だ。ありがとう」

「フォーチャーが、人間料理のアドバイザーと一緒に研究を重ねてるからな」

「ありがたいな……」

でも人間料理ってその顔で言われると別のものを想像するからちょっとアレだぞ。

「お前がよく食べたものを覚えといて好みを把握してるから、これからもどんどん進化するぜ」

じゃあ、と言ってクレンは行ってしまった。

俺は伸びをしてベッドから出て、窓を開ける。

少し暖かくなった風に、花の香りがしている。

もう春なんだろうな。

夜のあれを考えて落ち込んでいたけど。生活自体の質は、今までになく上がっている。

だからだろうか。

暗い気持ちにはなりきらない。

なんだろう。……複雑な気持ちだ。


今日は暖かくて気持ちいいので、三階のテラスでゆっくりすることにした。

俺がここでよく横になってたら、石畳に絨毯《じゅうたん》が敷かれるようになった。毛足の長いタイプで、元の世界でいうペルシャ絨毯みたいな重厚感のある柄。ずっと見てると目がチカチカする。

クッションとブランケットもある。こちらもふかふかで動物の毛皮みたいだ。

外に置くものじゃないと思うんだけど。絶対すごく高価だと思う。

いつも綺麗だけど、屋外なのにどうしてるんだろう。毎晩誰かが洗濯してるのかな。来るかどうかわからない俺のために毎日そんな労働をさせているのだとしたら申し訳ない。

それでも、そのおかげでテラスはすこぶる快適だ。

あまりに快適だから、最近はロイがいても気にせずに使うようになった。

そっと執務室に入るとロイは黙々と仕事している。俺が黙ってテラスに向かっても特に何も言わない。視線は感じるけど。

そして、俺がテラスに行ってしばらくしたら飲み物が届けられる。ロイがいる時限定だから、奴が頼んでくれてるんだろう。

「――リン」

横になったまま声の主を見上げると、ロイがトレイを持って立っていた。

いつもはクレンとか、他の人に届けさせるのに。

見ればトレイには二人分のカップが載っていた。

「お茶にしねえか」

「……ん」

俺の目の前にトレイを置き、カップにお茶を注ぐ。

紅茶の香りがふわりと広がる。

「仕事しないの？」

「ちょうど休憩だ。今日はそこまで忙しくない」

クッションにもたれたまま紅茶に手を伸ばす。甘い花の香りがする紅茶だった。

「おい。ちゃんと座って飲まねえとやけどするぞ」

見かねてロイが俺の背後に回り込む。

別に、これくらい大丈夫なのに。

クッションよりだいぶ固いロイの膝《ひざ》の上で、ロイの体にもたれる形でくつろぐことになった。

これでくつろげるようになったんだから、俺もすっかりこいつに慣れてしまったよな。

ずず、と紅茶を啜《すす》りながら考える。

まあ、夜のあれ以外、嫌がることはしない奴だから。

カップを置いて空を見上げた。

雲が流れるのがゆっくりで、日差しが暖かい。その雲の動きをぼんやりと見つめる。

「髪が綺麗になったな」

ロイが俺の髪をいじりながらそう言う。

「ここに来た時はパサついて色も抜けてたが」

そりゃね、毎晩洗ってもらってなんか塗られてるし。紫外線にも晒《さら》されてないからな。

「漆黒で艶《つや》があって、サラサラになった」

手触りが良いようでずっと髪を触られている。別に嫌じゃないから放っておいて俺は目を閉じた。

さやさやと風が体に触れるのと同じように、あの豪快な体つきからは想像できないほどロイの手が優しくそっと触れてくる。

しばらくされるに任せていたら、今度は頬をすりすりと撫《な》でられる。

「――肌もまあまあ」

「ちょっと。くすぐったいよ」

まああってなんだよ。

ロイの手は節があってごつごつしている。それでごしごしされると、痛くはないけど嫌だ。たわしでこすられるみたいで。

それなのにロイは多分、手のひらで俺の肌の感触を確かめるのが好きだ。手持無沙汰《てもちぶさた》になるとあちこち触ってくる。

「お前十八だったか。やっぱり若いからだよな、肌の回復も早かったな」

ロイは満足げに確かめるように首、肩と手を滑らせる。

「ちょっ……！」

そのまま服の中に手が入りそうで俺は慌てて立ち上がろうとして——ロイの腕に阻まれる。

「ああ、わかったよ、もうしねえよ」

わかってるのか本当に。

こんな昼間っから胸でも触ってみろ。すっかり馬鹿になった俺の体がどうなるか。

睨《にら》みつけるように見上げてみたが、ロイは楽しそうに笑ってカップに手を伸ばした。

もう片方の手で、シャツの袖《そで》から手を入れて、やっぱりすりすりと腕をさすってくる。

これはもう、あれだな。膝に乗せた猫を撫でるのと同じだ。

俺はため息をつきながら、体の力を抜いた。

「そろそろ……外に出てもいいぞ」

「えっ」

うとうとしかけた耳に入ってきた言葉に俺は飛び起きた。

「外？　いいの？　どこまで？」

「お前……そんなに出たかったのか」

そりゃそうでしょ。もう何か月も土を踏んでない。

「体力もついてきたようだし、飯も食えてるしな。――ああ、裏庭は一人では行くな」

裏庭ってのは、あの庭か森かわからないくらい生い茂ってる方だな。

「裏庭以外だったら、自由に出ていいの？」

「ああ。靴もあるだろ」

ある。ちょっと前から、部屋に置かれてた靴。布よりは固くて、皮よりは柔らかい、何の素材でできてるのかわからない靴。外用だなと思って見てたんだ。

「――まあ、敷地内なら迷っても探し出せるだろうが」

一応屋敷だから、裏庭以外は塀で囲われてる。その中なら自由に行き来していいってことだ。

窓から見てるだけでも結構広い。花園も菜園も噴水もあって、そうだ、馬小屋も見えた。あとは運動場みたいなところ。

どこから行こうかわくわくして、俺はこうしちゃいられないと立ち上がろうとして――ロイの腕が放してくれない。

「あの。行ってきたいんだけど」

「あー……明日からな」

「ええっ！」

そろそろって言ったのに。明日ってことか。

がっかりする俺をどう思ったのか、ロイはぎゅっと抱きしめてきた。首筋に顔を埋めてくる。

これ、くすぐったいし、唇が当たると変な気分になりそうだからやなんだけど。

「はー、癒される」

「ふっ……ちょっと、そこでしゃべらないで……」

ロイは返事もせず、そこで深呼吸を繰り返す。

ああ、もう。それもすごくくすぐったい。あと、匂いを嗅《か》がれてるみたいで嫌なんだよ。

「リン。――だめだ、もう離れられねえ」

なんだそれは。

面倒なことになった、やはりロイがいる時にテラスに来るもんじゃないな。

そう思ってると、カーターが執務室に入ってきた。

「何してるんですか。ちっとも終わってないじゃないですか」

静かな怒りを含ませたカーターに、ロイは大人しくテラスから出て行った。

こういうところが本当にカーターは素晴らしい。

うんうん、と思いながら俺はクッションの山にもたれて昼寝をした。

屋敷の探索範囲が広がって、次の日から俺は実に有意義な生活を送っていた。

朝ご飯を食べたら、靴を履き替えてすぐに玄関から外に向かう。

まずは玄関から無難な門へ続く道を往復して、見晴らしの良い庭園の小道を歩いてみた。腰の高さくらいで切り揃えられた花壇が、それぞれいろんな花を咲かせていてそれを見て回るだけでも楽しい。

「リン！　今日も散歩か？」

新しい人にもたくさん出会った。この人は庭師のローエンさん。

「うん。何してるの？」

ローエンが持つかごには花がいっぱい詰められていた。

「だめになりそうな花を早めにとってるんだ」

「へえ……いい香りだね」

「ああ。これを加工して何かと使うからな」

そういえば紅茶もこの香りかもしれない。

「ほら、これはリンにやるよ」

そう言ってピンクの花を髪につけられる。

「いやいや……おかしいでしょ」

「何言ってんだ。めっちゃ可愛いぞ。似合ってる」

全く嬉《うれ》しくない。

だが厚意を無下にするのも何なので、とりあえずしばらくはつけておくことにする。

この表の庭園だけでも、ゆっくり散歩すると一日かかる。これまではここで一日終わっていたが、今日はそこから少し足を延ばして、運動場の方へ行ってみることにした。

二階の寝室と三階のテラスから十分に観察しているので、屋敷の庭のことも頭には入っている。

俺は運動場に向かって歩いた。

入り口に着くと、数人がこちらに気づいて手を止める。休憩中だろうか。屈強な男達が上半身裸で、汗を拭《ふ》いていた。

この感じ、なんか懐かしい。

小学校では陸上クラブに入って毎日練習してた。近所にグラウンドがあって、結構本格的にやってた。中学に行ったら陸上部に入って、いっぱい大会に出るんだって楽しみにしてたんだよな。

「――もしかしてお前、ロイ様のとこの人間か？」

「はい」

「うおおおー!!　きたー!!」

突然叫ばれて、びっくりする。一歩後ずさると、すかさずもう一人が叫んだ男の頭をはたく。

「馬鹿野郎、でけえ声出すなよ、ビビって逃げちまうだろ！」

「あー、行かないでくれよ！　ほら、見てみろ！　これ、砂糖！　砂糖持ってんだ、俺」

「あっ、おめえずりいぞ！」

「ふはは……クレンから甘いもんが好きって聞いてんだ」

男がその場にしゃがんで、包みをポケットから取り出した。広げて見せてくるそれは……うん、紛れもなく砂糖だ。

「いや……あの」

甘ければいいってもんじゃない。流石に砂糖を舐《な》める趣味はない。

「足りねえか？　もっと持ってこれるぞ」

「い、いらない、です」

「ええっ！」

大きな声に、またびっくりして後ずさる。

誰もいない時に来れば良かったかな。

そう思って視線を巡らせる。

「誰か探してんのか？」

俺は首を振った。

いつの間にか人だかりができて、取り囲まれてる。

こいつら、みんな騎士なんだろうか。ロイと同じくらいすごいガタイのいい奴らばっかりだ。

中には肌の色も緑だったり、オークみたいな奴もいる。オークって、奴隷時代に別の牢屋《ろうや》で見たことがある。鬼の中でも凶暴だって聞いたけど。普通に鬼人に交じって屋敷にいるんだな。

そんな奴らに囲まれたら、全く景色が見えない。

「迷ったのか？」

「うわー、ほんとに小せえなあ」

「おい、押すなよ」

これでは珍獣だ。

ロイを見慣れたおかげか、取り囲まれても怖くはないもんだな、と思う。

逆に、今までの奴隷時代に会った人達の方が余程怖く感じる。ここでの生活に慣れてきたということか。

でもこれじゃ身動きが取れない。

じりじりと距離を詰めて、そのうちもみくちゃにされるんじゃないだろうか。

『こるぁー‼』

地面を揺らすようなでかい声が響いた。一瞬で男達が反応して一列に並ぶ。すごい速さだ。

「休憩終わってるぞ、打ち合いはどうした！」

声の主はリューエンだった。ビリビリと体に響くほどの大声で、どすどすとこちらに向かってきている。

今日も白い針金のような髪がツンツンしてる。

列の隅の方にいる俺と目が合った。

「――リン？」

リューエンは、時々屋敷の中まで来てクッキーをくれる。

怒声には驚いたが、目が合うとリューエンは相好《そうごう》を崩した。険しい顔が一瞬でやわらぐ。

「どうしたんだ、ここまで！　珍しいな」

「運動場みたいに見えて……何かなって」

「騎士の訓練場だ。ゆっくりしていけよ」

「でも、訓練中でしょ？」

仕事の邪魔はできない。

「気にすんなよ。見学していくか？　これから剣の打ち合いするんだ。何が見たい？　素手の取り組みがいいか？」

いや、どっちも興味ないが。

リューエン、前から思ってたけど筋肉大好きで、世の中みんな格闘好きと思ってる節がある。

俺は格闘技とかそんなに見ない方だったから。悪いけど。

「基礎訓練の方が興味あるか？　新人はまずそれからやるからな」

リューエンが示した方には、鉄棒みたいなのとか、ウェイトトレーニングのやつとかの、どれも見たことあるような、それより大きいようなものが並んでる。

確かにそっちは少し興味があるかもしれない。

「俺も、体動かしていい？」

「——え？　だ、大丈夫か？　見学じゃなくて」

「うん。俺、走るの好きで。——昔だけど」

ハードルと走り幅跳びが得意だった。

もう何年もやってないから筋肉も何もないのはわかってるけど。

「走るだけなら、まあ、いいが……」

「団長！　怪我したら大変なんで、俺が付き添います！」

「あっ、ばっか、抜け駆けすんな！」

「団長！　俺の方が基礎訓練得意です」

「なんだよ基礎訓練得意って。団長、俺の方が！」

やいやいと言い始めた。

「付き添いとかいらないよ。ちょっと走るだけ」

仕事の邪魔はできない。

「あっちの隅でちょっとやってもいい？」

「構わねえが……」

トレーニングの道具のある一角に行って、準備運動から始める。

すごく久しぶりだから、しっかりしとかないと。指輪があるって言っても、今の俺はかなり虚弱だ。

「リン、それは何してんだ？」

「ストレッチ……あっちにいなくていいの？」

ぞろぞろと何人かついてきてる。

元いたところでは木刀での打ち合いが始まってる。

「俺らは強《つえ》えから交じんなくていいんだ」

「へえ……あ、じゃあ背中押してくれる？　かるーく、ね」

「おう！」

鬼には準備体操もいらないのか、馴染《なじ》みのない動きのようだった。

ストレッチしてから、軽く走る。

——ああ、やっぱり気持ちいいな。

風を切って走ってると、嫌なことを忘れられそうだ。

後ろからゾロゾロと五人くらいついてくるのはちょっと気になるけど。

しかも、俺に全く体力がない。

三周走っただけで、息が切れてその場に倒れ込んだ。

苦しい。でも、気持ちいい。

「——っ！　どうした、リン！」

「躓《つまず》いたか？　怪我したか？」

「まだ走り始めだってのに！　大丈夫か⁉」

走り始めじゃないけど。精一杯だけど。

五人の屈強な男達がおろおろとして俺に怪我がないか確かめつつ撫《な》で回してくる。

「ちょ、だい、じょ……ぶ」

息を切らしつつ答えて、心配そうな騎士達に笑ってみせた。

「久しぶりすぎて、全然走れなかった。——でも、楽しい。また来てもいい？」

「当たり前だろ！　毎日来いよ！」

「おお、来い来い。特製のドリンク用意しとくからな」

後から聞いたら、この五人はそれぞれ団長であるリューエンの下五部隊の隊長だった。

父親みたいに俺を心配しながら、いろんな道具の使い方を教えてくれる。

この訓練場も、俺のお気に入りの場所になった。


午後は訓練場で走るのが俺の日課になった。

五周は何とか走れるようになった。登り棒とか鉄棒でちょっと体力作りもして。

そんな俺のことは、いつも部隊長の誰かかリューエンが面倒を見てくれる。

ほっといてくれても怪我なんてしないのに、行くと絶対に誰かが付き添って一緒に体を動かすようになった。運動部のノリみたいで、ちょっと楽しい。

そのうち走り幅跳びとかもやりたいな。砂場作って。

体を動かしたら夕食前に風呂《ふろ》に入るのだが、今日は風呂場に行くといつもの風呂係二人がいなかった。

たまには一人で入るか、と服を脱ごうとしていたら、ぬっとロイが現れた。

「うわっ、びっくりした……」

「今から風呂か?」

「うん。——あ、お先にどうぞ」

主人より先に入るわけにもいくまい。

俺は後で入ろうと風呂を出ようとして、ひょい、と抱えられる。

「——っわ」

「二人入れるくらいの大きさはあるぞ」

嫌だ。風呂くらいゆっくり入りたいし、裸を見られるのも嫌だし、絶対触ってくる気がする。

ロイは俺の服を脱がしにかかる。

「あのっ、自分でできるし、俺、一人で入れるし」

「じゃあ俺を洗えよ」

そう言ってロイは瞬く間に服を脱ぎ、中に入って行った。

命令かな、今のは。

俺は諦《あきら》めのため息を一つついて中に入った。


湯気の立ちこめる風呂に入ると、ロイはもう湯船に浸かっていた。

今日使う風呂は大浴場とは言わないけど、四、五人は余裕で入れるくらいには広い。

ロイはその浴槽にもたれて鼻歌を歌っていた。

ご機嫌だな。

俺は人を風呂に入れたこともない。

「お湯かけまーす」

そう言って頭からお湯をかけるが、ロイは全く気にした様子はない。

風呂係二人がすごく丁寧だから、雑にやればマッサージの時みたいにやっぱいいわって言われるかと思ったのに。

仕方ないので真面目に髪を洗う。

「それ洗ってんのか？」

洗ってるよ、全力で。

ロイの髪は濡《ぬ》れると赤が強くなる。それも夜の焚《た》き火《び》みたいに暗い赤色だ。瞳《ひとみ》は明るいガーネットだからまた違った赤なんだなと思う。

ゴシゴシと泡立ててよく洗ってから、また雑にお湯をかけて終わり。

文句は言われなかったので、俺もさっさと洗って湯船に浸かった。

「訓練場で遊んでるらしいな。体力つけるのはいいが、疲れるほどやり込むのはな」

「全然やってないよ。ちょっと走るだけ」

「お前、訓練場に行きだしてから晩飯の後即行寝てるだろ」

「…………」

そう。実はロイと話すのは若干、久しぶりだ。

寝室にも寝てる間に来て、起きる前に出て行って。

「今日こそはやるからな」

「——ここ、で？」

恐る恐る聞いた俺に、びっくりした目を向けたのはロイの方だった。

「へえ」

ロイの目にゆらりと獣のような火が灯《とも》って、俺はしまった、と体を硬くする。

「今、ねえ……？」

出ようかと思うより前に、ロイの手が伸びて俺を掴《つか》む。一定の距離を置いていたのに。

裸で、ピッタリとくっついて抱かれると……。

早いな。もうでかくなってる。

体が逃げようとしたから、後ろ向きのまま抱きしめられてる。俺の尻《しり》の割れ目にグッと質量を感じさせるそれが。

「当たって、る……」

「お前が今やるって言うからな」

それにしても早くないか。

「ちょっとここは……っはぁん」

ロイの手が肌を滑り、胸の突起をつまんだ。それだけでビリリと鋭い快感が一瞬で駆け抜ける。

「いい声だ」

くく、と笑ってロイが俺の顎《あご》を掴んだ。そのまま深い口づけになる。

ロイの舌が絡まり、口腔《こうこう》内を犯される。唾液《だえき》を交換するとすぐに酩酊《めいてい》したようになって、俺はロイの舌をいつの間にか自分から吸っていた。

「――ん、んむ……ん、んあっ」

口づけながら胸をこねられて、びくびくと体が痙攣《けいれん》する。

軽くいってるようなものだと思う。

その間もロイが口を塞《ふさ》いでるから、鼻から抜けるような、自分でも信じられないくらい甘い声が出てしまう。

ロイの指が後ろの窄《すぼ》みをさぐり、ゆっくりと侵入する。

「んぁ、ああ、あ、入って……！」

指をくちゅくちゅと動かされる度、中に一緒にお湯が入ってくる。

すぐに訳がわからなくなって、俺はロイの腕に必死でしがみつく。太く血管の浮き出た腕は、俺が体重をかけてしがみついてもびくともせず、相変わらず俺の胸の突起を弄《もてあそ》んでる。

「あつ、い……ああ、なか……だめ、も……」

いじられてる中も、触れ合う肌も全部熱くてたまらない。泣き言を言う俺に珍しくロイは応えてくれた。

俺を抱きかかえたまま浴槽からは出てくれる。

洗い場のタイルの上にロイが膝立《ひざ》ちになって、俺も中腰のまま。体勢はさほど変わっていない。背後からの愛撫《あいぶ》は胸だけじゃなくて全身をゆるゆると動き回る。首筋、腹、鼠径部《そけいぶ》……俺が自分でも知らない敏感な部分をロイはわかっているようだ。

「ロイ様。も……」

しつこい。

さっさと入れて終わりにして欲しい。

そう思い振り返って見上げると、ロイはごくりと唾《つば》を飲みこんだ。

「リン……その顔、たまんねえ」

ぎゅっと少し強めに抱きしめられ、うっと苦しくなる。ロイの反り立ったそれをあてがわれ、来る、と思った瞬間。

ロイの牙《きば》が俺の肩にグッと食い込んだ。

ずぷ……。

後孔に侵入するロイのモノと、肩の柔肌を突き破って侵入する牙。

「っく、あ、あああ——っ！」

同時にされたのは初めてで、あまりの快感に目の前にチカチカと星が飛んだ。

挿入《い》れられただけで俺は激しく体を跳ねさせて達した。と言ってもその跳ねる体もロイに押さえられて、腕の中で魚が跳ねるようにビクビクと動いただけだ。

「っく、……リン。そんなに絞るな……」

たまらなくなって、ロイの腕に爪を立てて握りしめる。

「んあっ、あ、ああ、あ」

ロイがゆるゆると動く度、俺はびくびくと体を痙攣させた。

「リン……出さずにいってるな」

「う、うう……」

「泣くなよ。気持ちいいだろ？」

「よ、すぎて、怖い。こわ……ふぁっ、あああん！」

ぐぐ、と奥を圧迫されて、叫び声が上がる。

足先まで痺《しび》れる気持ちよさが次から次へと波のように押し寄せ続ける。

こうなるともう、連続すぎてつらい。

「いや、も……も、いやあ、ああ！」

いくら言っても、やめてくれはしないとわかっているけれど。

俺は泣きながら、後ろをぎゅうっと締めてしまう。

ロイは牙を立てた肩に、べろりと舌を動かす。

敏感になっていたところを舐《な》め上げられて、それだけでまたひくひくと全身をわななかせる。

「ん、あっ、はあっ、んん」

「ああ、リン、いい……そんなに吸い付くようにして……ああ、リン、最高だ」

ロイが俺の中に精を放つ。その刺激でまた俺もいって、荒い息を繰り返した。

いつもならそれで終わりなのに。今日はまだ全然熱が引かない。

繰り返しロイのものを締め付けて、びくん、びくん、と波うたせてしまうのがわかる。

「な、で……う、うう……はあっ、ん」

ロイが俺の腰をがしりと掴む。

タイルに四つん這《よ》い《ば》になるように倒れ込んだ俺を、ほとんど持ち上げるくらいにして支えてる。俺の中でぐっと剛直を取り戻したそれは、再び俺の敏感なところを圧迫している。

「リン……」

もう名前を呼ばれるだけでもいってるんじゃないか。

訳がわからなくて、何を見て何を聞いてるのかもわからない。

「――ご主人様！」

ドアが開いて、涼しい風が入る。突然の侵入者にもロイは驚かなかった。

「アイン、なんだ」

「血の匂いがしたら止めに来い、と言われましたので」

カーターが俺の首筋を見ながら、いつもの無表情で近づいてきた。

「あ、や……っや！」

あられもない姿を見られて、涼しい風と共に僅《わず》かに取り戻した理性が働いた。

俺は見られまいと暴れて、ロイにひょい、と抱え上げられる。

「ふぁ、んあぁっ」

後ろにロイのものを受け入れたまま、背中をぴったりとロイに寄りかかるようにして、両足を支えられている。

あんまりな姿勢だ。

顔が真っ赤になってるのがわかる。

それなのに全身の熱は一向に冷めず、前が痛いほど張り詰めている。それをカーターに見られているのが、耐えられず暴れたいのに。

ロイが噛《か》んだ首筋を舐めて吸った。そうすると頭が沸騰しそうに酩酊感が強くなる。

こんなの、まるで麻薬だ。

「う、うぅ……」

もう快感しか拾えなくて、つらすぎて涙が出てくる。

「どうした？　リン。泣くな、どうして欲しい」

「出したい……も、出し――ああ！」

出して、終わりにしたい。そう言いたいのに、貫くように深く揺さぶられ声が出る。

「――アイン、手伝ってやれ」

は？

「ご主人様……」

「なんだ？　止めに来たんだろ？　このままでは終われねえだろ」

「やめた方がよろしいかと思いますが」

「こんなに強請《ねだ》ってるのに、可哀そうじゃねえか。早くやれって」

「ちが、そうじゃ——あ、はあぁぁっ、んうっ」

カーターが、膝をついて、俺の勃ち上がって張り詰めたそれをいきなり口に咥《くわ》えた。目の前で痴態を晒《さら》しているだけでも消えたいのに、あろうことか、俺のものを。

今まで刺激されなかったそこが、急に生温かい舌に包まれる。

唾液をたっぷりとまとわせながら竿《さお》を舐め上げ、先端をねっとりと舐め上げられる。

「ひっ、あ、んあっ、はあぁっ」

後ろからはロイのものが快感の場所をしつこく突き上げる。それを今までになくきつく締め付けてしまうと、ロイの息も上がっている。

俺はあっという間に突き上げられて射精した。

焦《じ》らされた上に口内による刺激で、とんでもない解放感の絶頂だ。

「はっ、は、はあっ……。——っんああ！」

息を整え、出したおかげで少し冷めたと思ったのに。カーターはまだ芯《しん》を持っている俺のそこを引き続き咥えて刺激した。

「あ、や、やめ……も、だめ、だ、め——？」

熱いものに包み込まれ、先端をグッと締められる刺激に悲鳴を上げる。

カーターの喉《のど》に呑《の》み込まれた俺のペニスがすぐにまた硬くなっていく。

一体どうなっているのか、カーターは根元まで平然と俺のものを咥え続けてる。喉で先端を締め上げられ、後ろからロイのもので押《お》し潰《つぶ》されると、徐々に射精感だけではない何かがせりあがってきた。

「あ、ぃや、だめ、出る、なんか……」

だめなやつが。

「出したいんだろ?」

耳にかかるロイの低い声。

違う、ちがう!

回らない頭で、必死に首を振る。

「大丈夫だ、出しちまえ。全部飲んでやる」

飲むのはカーターだというのに。そう言ってロイが動きを速くする。

そうなると挟まれた俺の体は、もう逃げ場もなくて、ますます前をカーターに呑み込まれて。

「だめ! で、でるでるでちゃ――っ、ああ!」

激しくて重くて、深すぎる絶頂と共に、俺は精子ではない熱いものを放出した。カーターの喉が嚥《えん》下《か》のせいかごくりと動く度、その直接的な締め付けに最後の一滴まで搾り取られるようだった。

「――っく、リン……」

今まで感じたことのないほどの絶頂に、ロイのものも絞り取るようにして射精される。出されすぎて受け入れられないものが、だらだらと溢《あふ》れ落ちて行く。

頭が、危険だと警告してる。こんなこと続けてたら、脳が焼き切れてしまう。

「――落ち着きましたか」

平静なまま、口元を拭《ぬぐ》ってカーターが立ち上がった。俺にではなくロイに聞いてる。

俺はもう指一本動かせない。糸の切れた人形のようにロイの体に抱えられていた。

「ああ。もうしねえよ」

「では、失礼します」

カーターは本当に何事もなかったように風呂《ふろ》を出て行った。

俺はロイにこのまま湯船につけられて、洗われて掻《か》き出され――そのあたりで意識は途絶えた。


「おおーい、リン。出てこいよぉ」

ロイの情けない声がして、俺は膝を抱える手に力を込めた。

膝は俺が流した涙ですっかり濡《ぬ》れている。

もうどうなってもいい。

命令に背いたって知るものか。そういう思いもある。

首輪の懲罰は怖いけど……ロイは使わない気がした。いや、使われたって、もう知るものか。

そうなったら、命をかけて反抗して、いっそ殺してもらおう。

ロイなら痛くなく、一瞬で殺してくれるんじゃないか。

ぐるぐるとそんなことを考えて、一連の思考の中にロイへの信頼が混じっているのに気づく。

俺は顔を埋めた。

――そうだ、俺はすっかりこの場所に慣れてしまってる。

翌朝、目覚めて何食わぬ顔でおはよう、と言ってきたロイだけど。

悪い奴じゃないっていうのはわかってる。

でも。

夕べのあれはない。絶対ないだろう。

俺はロイの顔を見た途端、思い出して顔が赤くなるのを感じながらも抗議しようと口を開いた。

その口に、ロイは何食わぬ顔でキスをしたんだ。

しかも、例によって実にスッキリした顔で。

精力発散だろ?

ここまで俺を辱める必要があるのか?

俺はすぐ横のクローゼットルームに逃げ込んだ。そしてドアを閉めてつっかえ棒をして、引きこもった。

「ご主人様、何をやってるんです」

カーターの声も聞こえた。俺は緊張で体を強張らせた。

どんな顔をして会えばいいんだ。

「リンが出てこねえんだよ」

「ですから、やめた方がいいと申し上げました」

「――こんなに怒るなんて。……しかし、なんで怒ってるんだ？」

そうだよな。わからないよな。そういう奴だよな。

「ご主人様。『人間の生態』は読まれたんですよね」

俺の飼育本だ。

「読んだ」

「第四章二節の部分も？」

「四章からはさっぱり意味がわかんねえ」

「人間の情動について、実にわかりやすく説明してありましたが。特に二節は人間の愛の営み方について詳細が述べられていたでしょう」

「愛の営みっつっても、営んでなかったぞ」

「いえ、ですから、人間の情愛の示し方はそれということでしょう」

扉の向こうで沈黙が流れる。

「とにかく話し合ってください。私は知りません」

コン、とドアが叩《たた》かれる。

「――リン。驚かせてしまってすみませんでした。ですが、あまり気に病まないで欲しいのです。私達の間ではごく普通の行為なので」

ごく普通？　あれが？

とんでもないな鬼ってやつは。

「リン、嫌だったのか?」

ここへ来て初めてロイが気づいたようだ。

嫌に決まってるじゃないか。

カーターが去って行って、また部屋にはロイだけ残されたようだ。

「なあ、リン。悪かったよ。お前を大事にしたくて、保険をかけておいたんだ。アインは吸血種だから、血の匂いに敏感だ。だから、リンが血を流したら止めに来いって言ってて」

「だからって! カーター様に、あんな……!」

「早く終わらすなら、手伝わせた方がいいかと思って」

なんだその思考回路は。

理解できない。――いや、理解できたことなんてないけど。

「リン。嫌なことはもうしない。約束するから。出てきてくれねえか?」

ドアを無理矢理開けるのなんて簡単だろうけど、ロイはそれをしなかった。

嫌なことはしないって。信じてもいいのだろうか。

「お詫《わ》びに、何かして欲しいことはないか? 欲しいものとか」

「ない」

そんなもので誤魔化されない。

「リン。顔見て話したいんだ。だめか?」

また少し沈黙が流れてから、俺はそっとつっかえ棒を取り、拳《こぶし》一つ分だけドアを開けた。ロイの驚いた顔が見える。

「お前……すげえ泣いてんじゃねえか」

わかってるよ。ひどい顔してるって。

「――ああ、こするなって。真っ赤になってるから」

ロイは隙間から俺の手を取って、ドアを開けた。

そっと目元を拭われる。ヒリヒリとした。

「そんなに泣くほど嫌だったのか」

俺は力なく頷《うなず》く。

「でもお前、アインに懐いてたじゃねえか」

今度は俺が驚く番だった。

懐いてたのと、あんなことをするのとでは全く別問題じゃないか。

鬼の感覚で言えば、仲良くなれば挨拶《あいさつ》代わりにあんなこともやるってことだろうか。

必要だったら、俺のこと、他の奴にもやらせるのか？

「そんなの、嫌だ」

一人でも精一杯なのに。

俺はそのうち輪姦《まわ》されるんじゃないか。当然のことのように。

それにゾッとして、縋《すが》るようにロイを見上げた。涙でぐちゃぐちゃになってる顔でも、構うこともできずに。

「ロイ様だけじゃないと、嫌だ」

瞬間、ロイは胸を押さえて、苦しそうな顔をした。

「リン……！」

がばりと抱きしめられ、苦しさにもだえる。

「ロイ様……」

「くそ、なんだこれ。胸が痛《いて》え」

ロイの戸惑ったような声が響く。

なんだと言われても、そんなこと知らない。俺は、なんかもう色々失ったような気がしてそれどころじゃない。

でも……少しでも罪悪感のようなものを、この鈍感な鬼が感じたんだろうか。


「リン……もう二度と、他の奴には触らせねえ」

「ほんと？　約束してくれる？」

約束は守る奴だ。そう言ってくれるなら、本当に大丈夫なんだろう。

抱擁が緩んで俺は身を乗り出した。

「ああ、約束する」

再びぎゅうっと抱きしめられ、首の傷を舐《な》められる。

「お前は俺だけのだ」

ロイが、変わった。

何かと俺に尋ねるようになった。

些細《ささい》な変化ではあったが、しかしはっきりとした違いだ。

関心を向けられているって思う。俺自身にも、俺の気持ちにも。

ただ、それが日に日にエスカレートしてる気がする。

それに伴ってか、一緒にいる時間も劇的に増えた。

今までは朝起きたらいなかったのに、俺が起きるまでずっと待ってる。

そうして朝、一緒に起きて、着替えを手伝わされる。

体が大きいからかなり大変なんだけど、俺はベッドの上に立ってシャツを着せ、ボタンをとめる。

ジャケットを着せて、カフスボタンも、日によってはタイまでつけさせられる。

俺はこういう仕事には慣れてないから時間がかかるのに、ロイはにやにやしながら待っている。あんまり手こずると、時々隙を見てキスを浴びせてくる。

一体何が楽しいやら。こうして過ごしていると、仕事としては小姓らしいと言えるのかもしれない。

朝の支度が終われば、食堂へ一緒に向かう。

「うまいか？」

朝食のパンを口に入れていると、ロイに聞かれた。俺はパンを噛《か》みながら黙って頷く。

一緒に食事するようになって、ご飯は食堂で食べるようになった。格式ばった豪華なダイニングじゃなくて、厨房《ちゆうぼう》横の食堂だ。

ロイも使用人に交じってここで食べてるらしい。ダイニングで食べるのはお客が来た時だけなんだって。それは知らなかったから、ちょっとびっくりした。

他の鬼達もいるから騒がしいけど、合宿所みたいで、みんな声をかけてくれて楽しい。

「おはよ、リン！」

「暑くなったから帽子かぶりなよ？」

「今日も訓練場来るか？」

テンポが早すぎて大して返事もできず、わたわたとする俺をみんな適当に撫《な》でて去っていく。

「今日は何すんだ？」

「訓練場でちょっと走って、クレンに何か仕事ないか聞いて一緒にお昼食べる」

「今日は装蹄師《そうていし》がくるぞ」

「ソウテイシ？」

「馬の蹄《ひづめ》を交換する奴」

厩舎《きゆうしや》と馬場にはたまに行ってる。艶《つや》のある毛を靡《なび》かせて走る馬を見るだけで力が出る気がするから。

こんな風に、最近のロイは屋敷でのイベントで俺が興味のありそうなものを教えてくれる。

い。

「一日かけて全部交換するから、いつでも見に行けばいい」

屋敷の馬だけでもかなりの数になる。しかも、でかい鬼人達を乗せるというだけあって、馬もでかい。

「見てみたい」

かなり見応えがありそうだ。

朝のうちに行こうかな、と考えていて、ふとロイの食事に目が留まる。

ロイは体もでかいが食べる量もすごい。朝から鶏丸々一羽とかペロリと食べる。しかも、今日も俺がまだ半分も食べてないのに食べ終わっている。

骨が見当たらないな。あらかじめ骨を抜いて出されてるのかな。

――いや、考えないでおこう。

「いつまでももぐもぐして、リスみてえだな」

ロイは逆に、俺が食べてるのを見て面白そうに言う。人間はよく噛んで食べるって飼育本には書いてないのか。

カーターが呼びにこない限り、ロイは俺が食べ終わるのを待っている。

「肉残ってるぞ」

「朝からそんなに……食べられないよ」

「夜も食べねえだろ」

正直、少し煩わしい。

カーターはまだ来ないのかな、と食堂の入り口を見てしまう。

肉、とロイがうるさいので一口、口に入れる。サラミみたいな、何かの硬めの肉だ。

これは……おつまみか？　噛むのにすごく時間がかかりそうだ。

もぐもぐしていると、またロイが楽しそうに頬をつついてきた。

「ははっ！　なんだその口」

「…………」

「可愛いなあ」

鬱陶《うっとう》しい、と視線で言ったつもりだったのに、ロイは緩んだ顔のまま撫でてくる。

「なんだ？　そんなに見るなよ。可愛すぎて噛みつきたくなるのを必死で堪《こら》えてんだぞこっちは」

にっと牙《きば》を見せて笑う。

突然何を言い出すのやら。

聞こえなかったふりで無視しておく。

しばらくしてようやく来たカーターに半ば強引に連れて行かれた。

俺はほっとして、飲み込めなかった肉を吐き出した。

今日は手違いで鬼の具材が混入していたのだろう。これは人間の食べるものじゃないようだ。

気を取り直して、食事を再開した。

就寝前。

ロイは寝酒を飲みながらベッドの上で俺の指をいじってる。力が強いからちょっとしたマッサージみたいになって心地よくて、俺はうとうとしていた。

「――明日からは、客が来る」

「客？」

今日は魔力を流す日なので、穏やかだ。

「数日滞在する予定だ。まあ、特に会わせることはないが、ふらふらしてると出会うかもしれないから一応言っとく」

「隠れといた方がいいの？」

人によっては奴隷は見られないように客から隠すようで、俺も以前、来客の度に床下に隠されたりしていた。

ロイは不思議そうに俺の顔を見た。

「隠れる？　――俺のものに手を出す馬鹿はいねえよ。盗まれると思ったか？」

「盗むって……それはないでしょう」

「こんな可愛い生き物がふらふらしてたら、手を出したくなるだろうが」

そう言ってロイは頬にキスをしてくる。

やめてくれよ。間違っても牙を立てるんじゃないぞ。今日はやらないんだから。

「鬼人なの？」

あまり効果はないがロイの体を押しやって尋ねる。

「いや、商人だ。そいつ自体はなんだったか……見たら思い出すんだが」

だったらさらわれる心配も何も、見向きもされないと思う。

「うちでとれる魔石を買いにな。そこが一番高く買い取ってるから、付き合いも長い」

「ふうん……」

言いながら、ほとんど耳には入っていない。

今日は体を動かしたから眠いんだ。

ここのところ外を歩くから夜、よく寝られる。

「――リン？　寝るのか？」

「ん……」

返事になったのかどうかわからない声にロイは喉《のど》の奥で笑って俺を抱き寄せる。

これから夏になったら暑いと思うんだが、今はまだロイの体温が心地いい。

すっかり慣れた硬い腕枕のいい場所を頭をすり寄せて探ったら、俺はすぐに夢の中だ。安定するからロイの体に腕を回し、片足をロイの足の間に滑り込ませる。

最適ではないが、許容範囲の硬さの抱き枕だ。

「リン……くそ、可愛いなぁ」

額に何度もキスをされたが、それも夢うつつのことだった。

朝、体を動かそうかとゆっくり訓練場への道を歩く。

いつもは庭師のローエンと挨拶をするが、客が来ると聞いていたので、正門周辺は避けようと思いそちらへは行かなかった。わき道を通って屋敷の横へ向かった。

「出来損《フロウ》ない」

背後からの、突然の呼びかけ——俺は体が凍り付いた。

どうしてその言葉を……まさか。

かつて俺をずっとそう呼び、徹底的に痛めつけた奴。

「お前、その黒髪……あの奴隷か？　渡り人の出来損ない」

おかしそうに笑っている、あの声。

固まって動けなくなっている俺に、足音が近づいてくる。

「すぐわかったぜ、その黒髪。こっち見ろよ。覚えてるか？　また俺が遊んでやろうか」

背中に汗が伝う。手も足も口も、何もかも自分のものではなくなったみたいに固く冷たく、動かなくなってしまった。

声の主はゆっくりと前に回ってきて、俺を見下ろした。

水牛の黒く曲がった太い角が天に向かって伸び、頭から赤錆《あかさび》色の毛が首周りまで覆うように伸びている。

人の顔をしているが、鬼にも劣らない巨躯《きょく》に黒ずんだ肌。

あいつだ。

ウーディブ。俺の四人目の主人だった男。

出来損ない、欠陥品という意味だと言って、『フロウ』と俺を呼んでいた。

「返事しろよ。主人だった俺の顔を忘れたか？」

「な、んで……」

「俺の台詞だろそれは。仕事に来たらお前に似てる奴を見つけて追いかけたんだよ。まさかまだ生きてたとはな。すっかり壊れてもう使い物にならねえと思ったのに」

カラカラに渇いた喉で何も話せなかった。

指一本動かせないのに、呼吸だけはどんどん荒く速くなっていく。

「首輪《それ》してるってことは、今はここで飼われてんのか」

そうだ。ロイに飼われてる以上ウーディブは手出しできないはず。そう思うのに、この恐怖だけはどうしようもなかった。

「鬼が、人をねえ……非常食か？」

くくく、とウーディブが笑う。次の瞬間、ギラついた目を向けて。

「なあ、覚えてるか？」

——ああ、あの顔、あの目は。

全身に緊張が走る。

『電撃《エレカナ》』

脳内に響くようなその呪いの言葉に、ひゅっ、と喉の奥で息が詰まった。

男は俺を見て実に愉しそうに笑う。

もう主人ではないのだから実際に電流が流れたわけではないのに、わかっているのに。本当に雷に打たれたかのように力が入らない。

俺はその場に膝《ひざ》をついた。

「く、くく……まじか。覚えてるのか？　出来損ない」

忘れるものか。

これをやるためだけに俺を買って、ひたすらその呪文を楽しんだ。

『疼痛《ペイナ》』

全身を針に刺されたような鋭い痛みに襲われる。

男の狂ったような笑い声が耳に響いてくる。

そうだ、こいつはいつも実に楽しそうに俺を痛めつけ続けた。俺があまりの痛みと苦しみに、吐いて、痺《しび》れて、暴れ回る度に、笑いすぎてひいひい言いながらまた呪文を繰り返す。

そうして何日も、何日も、終わりのない地獄のような日が続いて。

気がついたら俺は奴隷商人の牢屋《ろうや》の中で意識を取り戻した。

また返品されやがって、と店主に毒づかれたのを朦朧《もうろう》とする頭で聞いて。やっと解放された喜びなのか、まだ生きている絶望感か。何もわからないままに、俺は声もなく泣くしかなかった。

「やっぱ本当に発動するわけじゃないからイマイチだな」

ウーディブの声が頭の上から降ってくる。目の前がチカチカと暗転しそうになって、自分の手が握りしめる土の感触もあまりない。

「まだ楽しめそうだな。フロウ、また俺が飼ってやるよ」

あの地獄の日々に戻される……？

愕然《がくぜん》と目の前が真っ暗になって、俺は意識を失った。

後から聞いた話だと、泡を吹いて倒れていたらしい。


気がつくといつものベッドの上だった。

カーターが額に冷たい布を載せてくれて、目が覚めたようだ。

「気が付きましたか」

「俺……」

「覚えてますか？　外で倒れているところを、通りかかったローエンが見つけたんです。今日は来ないから探したらしいですよ」

見れば、サイドボードに甘い香りの花が生けられている。きっと庭師のローエンが届けてくれたのだろう。

「俺、どれくらい寝てましたか」

「今は夕方です。医師は異常が見つからないと言っていましたが……何かあったんですか」

俺は咄嗟《とっさ》に、首を振った。

思い出すだけでめまいがしそうだ。

「ロイ様は」

「来客対応をしてます」

「来客……」

まさかとは思うが、背中に寒いものを感じる。

「ウーディブ・シュタインという、シュタイン商会の商会長です。大きな取引のため行かざるを得なかったので。そろそろ戻ってきますよ」

名前を聞いて、シーツを固く握りしめた。そうしていないと、また気が遠くなりそうだった。

ロイとウーディブは何の話をしているんだろう。まさか、俺を売ったりしないだろうか。

「リン？」

拳《こぶし》にカーターの手が重なる。

「震えてますよ」

深刻そうに覗《のぞ》き込んでくる。見透かされそうな瞳《ひとみ》に、俺は目を逸らした。

「何があったんですか」

「なにも」

言えない。

下手に何か言って、俺に商品としての価値があると思われたら？　すぐさまウーディブに売り払われるんじゃないか。

そうでなくても、ウーディブがしたように、そんな楽しみ方があるのだと教えることになるんじゃないか。

そんな考えがぐるぐると頭を回る。

「顔色も悪いです」

「平気です。ちょっと、疲れただけで……」

俺はがばりと布団を被《かぶ》った。

「寝ます」

寝てしまえばいい。

そうすれば、目が覚めた時にはウーディブは帰っているだろう。

何もなかったと思って、忘れよう。

俺は固く目を閉じた。


――結局、そんな状態で眠れるわけもなく。

カーターと入れ替わりでロイが来たのは、それから三十分くらい経ってからだ。

ぎ、とベッドが沈み、ロイがベッドに腰掛けたのがわかる。俺は何を言われるのか怖くて、寝たふりをしていた。

シーツごと俺を包むように抱きしめて、ロイが額に手を当てた。

熱いほどに温かい手だ。いつの間にかこれに安心するようになっている。

「リン。つらいところはないか？」

いつもの口調。俺が狸寝《たぬき》入りしてるってわかってるんだろう。俺は小さく頷《うなず》いた。

「びっくりしたぞ。倒れてたって。――やはりまだ屋外の散歩は早かったか」

「――ううん、大丈夫」

また屋敷内に限定されるのは困る。

「死にそうなツラしてるじゃねえか」

「寝たら治るから」

俺は額の手を押しやった。それでもロイの抱擁は解かれず、腕の中でしばらくじっとしていることになる。

「飯は？」

俺は首を振った。

「食べねえと外には出さねえからな」

「明日は……食べるよ」

ずっと抱きしめられていると、体の中で血が流れを再開したような気がした。詰めていた息を吐いて、息苦しかったんだと思い起こす。

俺はもうこの手に慣れて、落ち着くようになったんだろうか。

それでもいい。

このどうしようもない苦しみから一時でも逃れられるなら、鬼でも悪魔でもなんでもいい。

俺はいつの間にか、自分からロイの体に手を伸ばしていた。

しがみつくようにしてロイの胸元に顔を埋めた。ロイの大きく速い鼓動が心地いい。

「リン……」

この心地よさのまま眠ってしまいたくて、俺は目を閉じた。

ロイが大きく息を吐いて、俺の背中を宥《なだ》めるように叩《たた》く。

ため息をつかれたんだろうか。

急に不安に襲われてロイを見上げると、間近に赤い瞳と目が合った。

宝石のように透き通った眼が、よく知った欲望の色をたたえて俺を見下ろしている。

「――お前からしがみついてくるなんて、どうしたんだ？」

俺はロイに回した腕に更に力を込めた。

「何も言わないで」

聞きたくない。

どんな話がされたとか、俺をどうするとか。

「ずっとこうしてて……」

「——よせ、やりたくなるだろ」

いつもならとうに口づけているのに、すれすれの場所でロイは唇を離した。

「なんで」

「お前、さっき倒れたんだぞ。このままやったら、また死にそうになるだろうが」

そんなことを言って。まさかもう俺をウーディブに売る算段をしてるんじゃ。

他のことは頭に浮かばないのに、悪い考えだけは次々と浮かんでくる。

「ちゃんと使ってよ」

焦れた思いで、俺からロイの口に唇を重ねた。

「魔力も精力も、ちゃんともらうから。俺を売らないで」

舌を差し込みロイの舌に絡ませれば、いつも通り絡みつくように巻きついてきて——。

「っまて、待て！　——リン、マジでやめろって。理性が飛んじまう。お前顔色やばいんだって。魔力流すから。今日はそれで寝ろ。な？」

中断され、それでも熱く赤くなった目元でロイに必死にすがりつく。

「今日？　——明日は？　明後日《あさって》は？」

「明日も、明後日も、魔力流すから。売るってなんだよ」

訳がわからないといった様子のロイに、まだその話はウーディブからされていないのかと思う。

余計なことは言えない。

俺は熱くなった体を鎮めるように、ぎゅっとロイにしがみついたまま顔を伏せた。

「離れたくない」

「——ああ」

「ずっとこうしてる」

「ああ。いいぞ」

「朝になっても」

「ああ」

本当にそんなことをしたら仕事にならないのに。ロイは駄々をこねる子をあやすように、苦笑した。

髪の上にキスをされる。

「わかったから、どこにも行かねえから、もう寝ろ。晩飯いらねえんだろ」

俺はそれでも安心はできなくて、ロイにしがみついたまま目を閉じた。

俺は奴隷だから。ただの所有物だから。

明日どうなるかもわからない毎日が、これからも続いていくんだ……。

「言わねえとわからねえぞ、リン。何を考えてるんだ？　何に駆られてる」

問いかけるでもなく呟《つぶや》くようにロイの声がした。

数日、俺は寝室に引きこもった。

倒れたからそもそも外に出すつもりはなかったようだが、俺自身も部屋の外に出るのは怖くて。

特に何をする気にもなれず、ベッドでゴロゴロとして過ごした。

「リン。いい天気だぞ？　テラスで日光浴したらどうだ」

「うん、そのうち」

「フォーチャーがデザート作ろうかって」

「今は、いいや」

ロイが誘って来るものの、気のない返事をしていた。

外に出るのが怖いと思って寝室で過ごしているうちに、もうこの部屋だけで死ぬまで過ごしてもいいやという気持ちになってきた。

黙っていても食事は運ばれてくるし、風呂《ふろ》も促されるままにじっとしていれば終了する。

生きてる理由もないし、どうにかして死に場所を探していた身だ。

もう死ぬまでこうしていてもいいんじゃないか。

死んだように、息をして、義務的に食べて寝ていればいい……。

そう思って何日過ぎただろうか。日に日に返事も億劫《おっくう》になって反応がなくなっていく俺に、ついにロイがしびれを切らした。

「リン。出かけるぞ」

「え？　今度じゃだめ……？」

「今、すぐだ」

すっかり自分の寝床になったベッドの上で丸まっていると、ロイががばりと掛け物を剥《は》いだ。そのままひょいっと抱えあげられる。

「俺を……どこに連れて行くの」

悪い予感がして俺はロイにしがみついた。

「遊びに行くんだよ」

「…………」

そんなこと言って、捨てに行くんじゃ。

捨てるだけならまだいい。——売りに行くんじゃないだろうか。

「ここに帰ってくる?」

声は少し上擦っていた。

「夜には帰る」

そう言ってロイは確かに荷物も持たず部屋を出た。


出かけると言っていたのにロイはなぜか屋敷の階段を上がった。

三階から更に上り、屋上につく。

屋上は初めて来た。屋上があることも知らなかった。

広い屋敷の屋上だから、ちょっとした広場くらいある。建物の上なのに芝生が敷かれていて、伝書《でんしょ》鳩《ばと》小屋があった。そのわきを抜け、一際広い芝生に出ると、そこにいたのは――。

ドラゴンだった。

俺は言葉を失ってロイに更にしがみついた。

「――おい、そんな強くしがみつくなって」

「あ、あ、あれ……」

「見たのは初めてか？　ドラゴン」

俺は呆然《ぼうぜん》として首を縦に振った。

漆黒か紺か、キラキラと光る鱗《うろこ》が反射して眩《まぶ》しい。大きさはトラックくらいある。首に手綱が付けられて、それが柵《さく》に括《くく》り付けられていた。

じろりと見てくる目はガラスのような水色で、ロイと俺を見るとギエエ、と一声鳴いた。

「俺の相棒、ルーラックだ」

「ドラゴンって……乗り物なの」

「ドラゴンの中でもこの種類は小柄で、大人しいからな。と言っても力が強いから怪力じゃねえと振り回される。乗るのは鬼人竜人が多い」

そうなんだ。乗り物なんだ。

いろんな人種がいて、ここが異世界なんだって思ってはいたけど。王都周辺にいたから巨大な魔物は見たことがなかった。

怖いけど、かっこいい。

小柄とロイは言うが、圧倒されるほどに大きく思う。

ロイは俺を抱いたまま手綱を握って、ルーラックに飛び乗った。そのままロイの前に下ろされる。

「うわ……うわあ」

硬いかと思ったがそうでもない。鱗はしなやかに体に沿っていて、その上に跨《また》がっていても痛くはなかった。犬や猫のようにふわふわした毛ではないが、このしなる鱗の感触も、触ると少しひんやりとしていて滑らかで。癖になりそうだ。

「気に入ったか」

「こ、怖いけど……」

ドラゴンと言えば全男子の憧《あこが》れではないだろうか。

気に入らないわけがない。

ロイが手綱を握った。ルーラックはぶるぶると頭を振るが、それにも動じず引っ張っている。

なるほど、確かに力が必要なようだ。ロイの腕ですら筋肉が浮き上がっている。相当力を入れているようだ。

「どこに行くの?」

「――トカラ村」

ロイがそう言った途端、ぐん、と体に重力を感じた。そう思うと、一気にルーラックが爪先で地面を蹴《け》り、宙に浮いていた。

思ったより風は強くなかった。ルーラックの首のすぐ後ろにいるからか、そういうものなのか。ルーラックの羽ばたきの音が風の音よりも大きく聞こえる。

あっという間に地面が遠くなって、ぐんぐんと前に進んでいく。

「すご……」

車より速いんじゃないだろうか。

屋敷も、すぐに小さくなっていった。

あまりの速さによく見えなかったが、かなり巨大な街を通り過ぎた。ヴェルデ侯爵領の中心街だろうか。

あとは田園風景を抜け、巨大な森を抜け、遠くに海を見ながら山あいを飛ぶこと、約一時間だろうか。景色を見ていたらあっという間だ。

山から流れる川の側に小さな村があった。

ロイは村の入り口でルーラックを下ろし、村の柵に括り付けた。馬や馬車の隣に並べられたドラゴンという光景が、ちょっと異様な感じもする。

村自体は小さいが、人通りは多かった。

「ここって……」

「渡り人が興した村だ」

「えっ！」

俺以外にも定期的に人は降ってくるって聞いたけど……まさか村を作っている人がいるなんて。

「残念ながら、そいつはもう死んでるぞ。ほら、広場に銅像があるだろう」

噴水の横の銅像。

薪を背負って本を読んで……え？　二宮金次郎《にのみやきんじろう》じゃん。

側まで行って見てみると、顔は少し違う気がする。

『同郷の君達が懐かしく思えるように』

と、書かれている。

ということはこの村の渡り人は日本人。俺は二宮金次郎像を見たことはないが、昔は学校には必ず一体あって、夜になったら歩き出すっていうのを学校の怪談の本で読んだことがある。

急激に懐かしくなって、俺はそっとパネルを撫《な》でた。かなり古くなっているが、こんなことを彫る気遣いも温かい。

「トカラというのも、出身地らしい。魔力も人並み以上ではあったが、特に食において功績を残したとかで。一代男爵位をもらって村を作った、と聞いた」

トカラ……は、知らないが、日本のどこかだろうか。

俺と違って色々と努力して研究して、この世界でできることをやった人なんだ。

「米の流通元を探してたら辿《たど》り着《つ》いた」

ロイが俺の手を引いた。

「あまり知られていないが、知る人ぞ知る渡り人の町トカラ、だと。米を炊くってのもここならやってるみてえだし、同郷の料理が食えるんじゃねえか」

「嘘……」

信じられない。

食堂、とプレートの下がった店に辿り着く。

店に入ると、昼時だからか客はそれなりに多い。

そのあたりのテーブルについて、俺はメニューに釘付《くぎづ》けになった。

「おにぎり……味噌汁《みそしる》……おでん!?」

他にもだし巻き卵、親子丼、牛丼。

信じられないメニューの数々に、俺は唾《つば》を飲み込んだ。もう少しで涎《よだれ》が出るところだった。

「知らねえ言葉ばっかりだな」

「すごい……ロイ様、すごいよ！」

「おお、すげえ喜びようだな」

「どうしよう、全部食べたい」

「食えよ全部」

ああ、なんで最近ちゃんとご飯食べてなかったんだろう。きっとおにぎり一個で満腹になってしまう。

本当に全部注文しようとするロイを慌てて止めた。

こんな貴重な料理を残すなんて、きっと一生後悔する。

「食わねえのか？」

「たくさんは無理だよ」

そう言えば、とロイは思いとどまってくれた。きっとおかゆとかを食べすぎて吐きそうになった時のことを思い出したんだろう。——自分にはない現象だもんな。

「じゃあ、一つだけ選べ。また連れてきてやるから」

「また……本当？」

「ああ。食材も山ほど買い込んで帰ればいい。ここに来るのはそういう奴らだ」

確かに、ここに来るまでの道には食材店が建ち並んでいた。

そうなんだ。味噌とか醤油《しょうゆ》とか、作ってるのかな。

「俺は酒を買って帰る」

「へえ……飲むのは帰ってからにしてね」

飲酒運転はやめて欲しい。ドラゴンでもそうなるのかはわからないが。怪力が必要とされる騎乗がなまくらになったら困る。

「——で、何にすんだ」

「うどん」

めちゃくちゃ迷って、俺はうどんにした。

ロイは何がいいかわからないと言うので、牛丼とから揚げを選んでやった。肉なら満足だろう。

一瞬でなくなって、大いに気に入っていた。焼いた肉以外も食べるんだな。

俺も食べたかったけど、やっぱり胃が受け付けなそうだったので大人しくうどんだけすすった。優しい香り。昆布と鰹《かつお》のこの出汁の香り、何年ぶりに嗅《か》ぐだろう。つるつるとのど越しの良い麺《めん》で、そこまでこしも強くなかったので完食した。

汁まで全部飲んでしまった。

余韻でしばらく器を手放せなかった。

食材店で味噌、醤油、餅《もち》、と色々買い込んだが、これを調理にどう生かせるのかは謎だ。フォーチャーがうまくやってくれるんだろうか。味噌汁の作り方くらいはわかるから、また相談に行ってみよう。出汁の取り方は覚えてないけど。

ロイは日本酒と焼酎《しょうちゅう》を何本も買い込んで、すごい荷物の量になった。それを軽々と持ち上げて村の外まで運び、ルーラックに固定する。でかい荷物が、ちゃんと左右対称になるように固定するんだって。手慣れてる。

トカラ村は小さな村で、本当に食材と食堂以外は何もなさそうなところだった。途中醤油のたまらない匂いがしていたから、食品を作って生計を立てているようだ。

ところどころに造り酒屋、醸造所、とか書かれた建物があって、木で作られた樽《たる》とか色々置いてある。

この感じ、ちょっと昔の日本みたいですごく不思議な感じだ。懐かしい。

宿屋は無いようで、みんな広場で野宿するか、日帰りで訪れるらしい。観光地化してなくて、知る人ぞ知るっていう場所なんだろうな。

日本食……たちまち流行《はや》るかと思ったが、味噌を見た時のロイの反応を思えば、好き嫌いの分かれるものなんだろうか。人間はこの料理好きだと思うけど、鼻のいい種族に発酵食品はきついのかも。

この世界は獣人の人口が多いようだし。

村を後にして、ルーラックの上に再び乗る。俺はロイの腕によりかかった。

「――この村には、もう渡り人はいないんだね」

村人はみんな、人間だったけど髪や瞳《ひとみ》の色で、この異世界の住人なんだと思う。

「同郷人に会いたいか？」

「……わかんない」

渡り人がいたとしても日本人かどうかもわからないし、懐かしいかもしれないけど、全くの赤の他人に会ったところで。

こんなみすぼらしく落ちぶれた俺を見て、その人がどんな顔をするか。

いや、会いたくないかもしれない。

「そんな顔するなよ」

ロイはぎゅっと俺の腰を支えて、ルーラックを飛翔《ひしょう》させた。

「会いたいんなら探してやる。渡り人はあっという間に王家が囲い込むからな。お前以降来てるのかどうかもわかんねえんだけど、調べる方法はいくらでもある」

会いたいなんて言っていないのに。本当に探し出しそうで俺ははっきりと首を振った。

「いらない」

そっけない返事にどう思ったのか、ロイは少し俺を見下ろしてから、頭を撫でた。

「もっと元気になったら、また連れてきてやる」

「うん」

心地よい満腹感に俺はロイに身を任せ、うつらうつらしていた。

「ありがとう」

感謝の気持ちで満たされる。

自然とその台詞が、心から出てきたのは初めてかもしれない。

＊＊＊

――ロイの勘――


トカラ村へ行ってから、リンは少しずつまた活動を再開した。

部屋から出て厨房《ちゅうぼう》に出かけて行ったり、テラスでうとうとと微睡《まどろ》んでいるのを見かける。

その様子を見てロイは心から安堵《あんど》した。

あらゆる伝手《つて》を使って、金も十分に使って、渡り人の情報を集めてよかった。

トカラ村は高位貴族の、人間を中心とした王政支持派しか知らない情報だった。

ヴェルデ領は鬼人ばかり集まってできているから、自然と中央の政界からは一線を引いて、お互い不干渉で今日まできた。

仲が悪いわけではないが、お互い距離を保つ。

一応現王朝から爵位を受けているという形を取ってはいるが、便宜上みたいなものだ。ヴェルデ領は鬼のための自治領と言ってもいい。

なので、王都に知り合いは少ないし、人間の知り合いはもっと少ない。

人間にとって鬼はあまり近づきたくない存在に変わりはないので、王城へ行っても誰も話しかけてこないし、医師を雇おうとした時も、来てくれたのはちょっと変わり者と言われている男だけだった。

人脈作りから始めたので時間がかかったが、だいぶ人間と渡り人の情報も入るようになってきた。

数自体は鬼人も人間も変わらないくらいいるんだし、もう少し協力的な人間も探せばいるかもしれない。

リンのためにもまた人間についてももう少し調査を続けた方がいいだろう。


ベッドの上、就寝前。

二人だけの寝室に、ぐちゅ、ぐちゅと緩やかに卑猥《ひわい》な音が響く。

「やっ、あ、それ……ゆっくり、ぃ、やぁっ――――！」

「だが、リン。まだ体が本調子じゃないだろ？」

ちゅ、と首筋にキスをすれば、それだけでリンは軽く達したようだった。挿入した肉壁がビクビクとロイのものを締め付ける。

「――っは。ほら、まだ激しい運動には耐えられねえよ」

服もほとんど脱いではいない。ズボンを下ろしただけの状態で、一回だけだ、と自分に言い聞かせて始めた。これはなかなかの拷問だ。

寝る前の口づけでリンを興奮させてしまった。

実はこの媚薬《びやく》成分は魔力により精製してるので、出さずに口づけすることはいくらでもできる。

――が。トカラ村から帰ってきて食事もとるようになり、訓練場をまた走るようになって、あの小ぶりな尻《しり》が揺れているのを目撃してしまったら。

我慢できるわけがない。ちょっと誘ってみようと思って唾液《だえき》を交わらせれば、途端にリンはとろりと体を預けてきた。シャツの上から胸を弄れば漏れる声も熱を帯びている。

これはやるしかない。

だがこの前倒れた原因もわかっていない以上、無理はさせたくなかった。

だから今日はできる限りゆっくりと、一回だけ、と決めている。

すっかり慣れた後孔に今までで一番ゆっくりと挿し込んでいけば、それだけでリンは体をわななかせた。リンの体が一際跳ねるあるところを突けば、高い嬌声《きょうせい》が漏れる。

「ここか？」

「あ、んああっ！」

ぐりぐりと集中的に押し込んでみれば、リンは息をつめて体を痙攣《けいれん》させた。

無理のないようにお互いに座って、向かい合っている。リンが軽いので、ほとんど抱っこするような形で、当てる場所も角度も強さも、この体勢でさえロイの思うままだった。

「はは……いつもより反応が良くないか」

「だめ、ゆっくりされると、ずっと……っく、あぁ！」

「へえ……こうか？」

「あっ、あっ、う……あ……」

離れてしまわないように、ロイはリンの両手をそれぞれ自分の手と合わせて繋《つな》ぐ。

ゆっくり、抜き差しを開始した。

「あ、ぁあ、あ……」

一突きごとに中がうねって痙攣して、ロイ自身もたまらない。

手を握られて、張りつめた自身のものからどう熱を逃していいかわからず、それでも連続で達し続けて。リンは涙を浮かべながら天を仰いだ。

「う、う……っはあ、も、出し、だした……い、いぃ！」

「ああ、ここだろ」

リンが一際痙攣するところを、ぬぷぷ、と深く押しつぶすようにゆっくり挿し込んでいく。

「あ、だ、め……ちが……っく、うぅぅ」

反応が良いので、ぐちゅ、ぐちゅり、と水音をゆっくり響かせながらそこをしつこく刺激していった。

リンが更に大きく跳ねたかと思うと、後ろをぎゅうっと締め付け、前からはだらだらと勢いなく精液を垂らしていた。

「な、で……ちゃんと……出な……ふ、あぁぁん」

射精がだらだらと延びたせいで、快楽の波がずっと押し寄せてくるのだろう。リンが混乱して更に涙を流す。

「あっ……あつ、いぃ」

ロイの放った精でまたびくびくと達している。それがわかってまたたまらなく興奮した。

ロイは手を離さないまま、リンの涙を舐《な》め取った。

牙《きば》がかすめる感触にリンの体がまた震え、余韻にロイも息をつめた。

「リン……もう終わりだ。そんなに締めるな」

「う。しら、な……」

もう少しで泣きじゃくりそうになって、ロイは急いで自分のものを抜き去り、シーツにくるんでリンを風呂場《ふろば》まで運んだ。

「ゆっくりも、たまんねえな」

ロイの呟《つぶや》きはリンには届かなかったかもしれない。

実際のところ。何がリンの健康を損ねるのか読めないだけに、綱渡りのような毎日だ。

特別手をかけてやらなければ生きていけないとは、人間の中でもかなり虚弱なんじゃないか。

いや、鬼の中で暮らす人間だからなのか。

知っている人間を思い浮かべてみても、ここまで弱い個体は見たことがない。

リンの第一印象は、みすぼらしく悪魔族のような人間、だ。見た目は悪魔族のようだが、奴ら特有の相手を馬鹿にしたような態度とは真逆の性質のようだ。

渡り人だとアインは言っていたが、魔力量は皆無。何かの間違いじゃないかと思った。

ひどく怯《おび》えているのに、軽く口づけを交わしただけで立てなくなるほど発情してしまう人間。

これは、鬼にとっての極上品だ。

直感的にそう思った。

欲に浮かされているのにそれでも怖れて震えるから、もっと快楽に沈めようと牙を立ててみる。予想以上に傷がつく薄布のような肌だったが、その血と肌の味も格別。

挨拶《あいさつ》代わりの口淫だったが、精を飲むだけで満たされたのは初めてだった。

魔力を流す先としてもこの上ない体。

久しぶりに精神が鎮静する感覚はかなり満足のいくものだった。常に研ぎ澄まされた感覚も、有り余ってどう放出すればいいかわからない活力もすっと引いていく。

毎日機嫌よく過ごし、執務の合間に魔獣狩りを楽しめるほどだ。

寝ながら牙で肌を弄《もてあそ》ぶ感覚も癖になっていた。牙がかすめる度、リンが甘く掠《かす》れた声で鳴くから、つい——そのせいでリンが生死を彷徨《さまよ》ったのは、完全に自分の落ち度だった。

弱い者を連れてきた、とアインは言っていたが、それにしても弱すぎだ。

せっかく手にした相性のいい人間。ここで死なれては困る。自分の手でしっかりと世話をすることにした。

子供の頃は、難しいと言われたドラゴンの飼育もして、マメだと言われたこともある。方法さえわかれば、あとは忠実にこなせばいいはずだ。

そうして観察すればするほど、虚弱。

これでは魔力は流せても精力を受け止められるのだろうか。いざとなれば精力はよそで発散させればいい話だが。目の前に極上品がいるのに、それに手を出せないとは、歯がゆい思いだ。

来た時には小さな体をぶるぶると震わせて今にも壊れそうだったのが、世話をした甲斐《かい》あって、徐々に慣れて怖がらなくなった。

この頃にはもう、夜にリンなしでは無理だと思うほどになっていた。

リンは俺と一緒にいたくないかと思いきや、執務室横のテラスを整えれば頻繁に訪れて日光浴をして、しかもその緩み切った顔が、えらく稀少《きしょう》で尊いもののような気になる。

今まで感じたことのない感情だ。胸がざわつく。それも嫌な感じではなく。

抱くとすっぽりと腕の中に収まる心地よさに、いつの間にか安らぐようになった。

口づけを交わせば、リンは自覚があるのかないのか、もっと、と言うように縋《すが》り付いてくる。欲に濡《ぬ》れた目で俺を見上げ、めまいがしそうなほど芳醇《ほうじゅん》な香りで誘ってくる。リン自身のものも硬く反り勃っているのもわかっていた。

試しに軽く、と思って一度体を重ねれば、吸い取られるんじゃないかという名器で。しかも感度が良すぎる。本人は恍惚《こうこつ》としてつらそうなほどだったが、リンが達する度にうねる中は、今まで経験したことのない快楽の深い波だった。最後には触れるだけで連続で達するようなリンの体に、貪《むさぼ》りつくように夢中になってしまった。

それでまさか骨が砕けるとは。

リンは家宝の一角獣の指輪で回復した。家宝の持ち出しには重臣らの許可がいるため、事後報告になって後処理はちょっと大変だったが。壊してなるものか、と焦って使った。

一角獣の指輪は体力の消耗には効かないし失った血を回復させるといったことはできないが、単純な外傷はたちどころに治す。

しかし。体は治ったのに、またリンは元気がなくなった。

連れてきた人間の医師は、体も心も同時に治らないと快癒しない、と断言した。

——心。

俺達鬼人にはほとんどなかった概念だ。

アインによると、人間から見た鬼は無神経で粗暴で自己中心的ということだ。

人間は相手が何を考えているのかわかるらしい。

なんだそれ、超能力か？

吸血種は人の血を好む。そのためアインもある程度獲物の感情を読み取ることができるんだろうが。

俺にはさっぱりだ。

その後も体を重ねる度に、リンは艶《なま》めかしく感度を上げていった。

毎日やってもやり足りないところを、数日に一度。リンの調子を見ながら、何日も我慢することもある。記録的な数字だ。

その我慢もリンの笑顔を見れば苦ではなくなるのだから不思議だ。

時折リンは体を任せてくるようになった。

リンが日を追うごとに可愛くなっていくから。情動に駆られて理性のたがが外れ、滅茶《めちゃ》苦茶《くちゃ》に犯してしまいそうになる。

そんな欲望を、今までになく、自制している。

アインに手伝わせて交わった時には、珍しくリンが激怒した。

あれは理解の外だったが、俺だけがいいと言って泣かれるのも、たまらなかった。

締め付けられるような胸の痛みは、おそらく一生忘れられないだろう。

リンのことが知りたい。

リンの笑顔が見たい。

徐々に、しかし加速するようにリンへの気持ちが膨れ上がっているのを感じた。

飼っていたドラゴンと同じような存在だったのが、かけがえのない存在へ。

腹の奥から湧き上がってくるような熱い思いを何と呼ぶのかわからないが、際限なくリンを撫《な》でまわし、舐め取って抱きしめ離したくなくなる。


トカラ村へ行ってから一週間程度経って。

ウーディブが、また侯爵邸を訪れた。いつもなら数か月空くというのに、まだ数日しか経っていない。

ウーディブとの付き合いは、かなり古い。先代の頃から、子供同士での付き合いがあるほどに。

特別仲がいいわけでもないが、気安い相手でもある。

ヴェルデ侯爵領には魔物がよく出没するため、それを狩ると、魔石がとれる。シュタイン商会はそれをすべて買い取ってくれていた。侯爵家の主要財源の一つだ。

ウーディブは奴隷を連れていた。

「今日はどうした」

客間に通して尋ねると、ウーディブは奴隷の鎖を乱暴に引き、床に跪《ひざまず》かせた。

翼人のようだ。

翼人は魔力が多く、その身に風を纏《まと》って空を飛ぶ。しかしこの翼人はあまり魔力がないようだった。

翼の形も歪《いびつ》だ。

「この前来た時人間の奴隷を見かけたんだが」

「……ああ」

突然リンの話をされて、怪訝《けげん》な顔になる。

「あれ、俺に譲ってくれないか？」

ニヤリと笑うウーディブの顔が、いつも見慣れているはずなのに今日はひどく不快に思う。

「——どういうことだ」

「魔力を渡すなら人間でなくてもいいだろ？　ちょうどいいのを見つけてきたんだ。交換しないか？

俺は人間がいいんだ」

人間より翼人の方がよっぽど価格は高い。

商人としてこんなに気前よく申し出るのもまた異例のことだった。

そうか、先日リンと鉢合わせたのか。


ふと、ウーディブと初対面の時、森で遊んでいた記憶が急に思い起こされた。

お互い五歳くらいで、小さい者同士遊んでこい、と裏の森に追い出された。

「ロイ様、みて」

ウーディブに愉しそうにそう言われて覗《のぞ》き込んだら、ネズミのような魔獣がピクピクと地面に横たわっていた。

「なんだ、それ」

「土ネズミです。しびれてうごけなくなってる」

「なんで？」

「ぼくが、毒をうったから」

ウーディブが棒でそのネズミをつついて遊んでいた。

「このまま、少しずついきが止まって――ふふ、ほらみてください。白目になって――」

ザクっ、と音がしてネズミに短剣が刺さる。

ロイが短剣で土ネズミに止《とど》めを刺した。

「――ああ、これからなのに」

がっかりした声を上げるウーディブにロイは吐き捨てるように言った。

「獣をいたぶるのは趣味じゃない。殺すならすぐ殺せ」

幼いながら理解できなかったが、誰かから、ミノタウロスは加虐の性《さが》があると聞いた。


「悪いが、リンを手放すつもりはない」

「へえ。そんなに具合がいいのか？」

ウーディブは思いがけない返事だ、というように言った。

「じゃあ少しだけ貸してくれないか？」

「人間の奴隷なら他にもいるだろ」

「渡り人がいいんだよ」

そこまで知っているのか、とロイはしばし考えた。

「数日前、リンが庭で倒れてたんだが。何か知らねえか」

注意深くウーディブの反応を観察するが、特に動揺する様子もない。

「いや。喋《しゃべ》っただけだぜ？　お前のものに、指一本触れるわけないだろ？」

そういえば、売らないで、とリンは言っていた。

「——ウーディブ。リンに、俺から買いたいという話をしたのか？」

「あー……したかな」

売らないで、と懇願してきたリンの姿が思い出される。

あれほど切迫した様子で訴えたのは、ウーディブのもとへ行きたくなかったからか？

ウーディブの太く大きな角と毛並みを見れば、ミノタウロスということはすぐにわかるだろう。

売られたらどんな目に遭うか、と思ったのだろうか。

「——なあ、だめか？」

「ああ、譲る気はない」

ウーディブはがっかりした様子を隠そうともしなかった。

「残念だなあ。——じゃあ、最後に一度会わせてくれないか？　それで諦《あきら》めるから」

「リンになぜそこまでこだわる」

「ちょっと遊べば飽きると思うんだけどな。いい反応——するような気がするんだよ」

「他を当たれ」

「一度会うだけでもだめか？」

食い下がるのは珍しい。

「お前に会ったってリンに何の利もないだろうが」

ウーディブは少し考えた。

「俺、渡り人の落とし物持ってるんだよ。何に使うかはわからねえけど。その、リン君？　見たら喜ばないかな。懐かしくて」

「なんだそれは」

「渡り人のものだから、俺もわからないね。小さな本みたいな。見たことない言葉で書かれてた」

「なんでそんなもん持ってんだ」

「渡り人のもんは、天からの授かりものだってんで高く売れるんでね。——どうだ？」

「リンに聞いて、いいと言ったらだな」

同郷を懐かしむリンの顔は、どの顔よりも心底嬉《うれ》しそうだった。

帰りたいとは言わないが、故郷を懐かしく思わない者はいないだろう。

——だが倒れた原因が曖昧《あいまい》なまま会わせるのも……。

直接聞いてみるしかないか。

ウーディブは連絡を待つ、と言って帰っていった。

＊＊＊

今日は客が来ると聞いていたから、一日中寝室にこもっていた。

誰とは聞いていないけど、客と聞くだけでもう、怖い。

することもなくて、ベッドの上でぼうっとしていた。

日が落ち始めてからは天蓋《てんがい》の模様の花の数を数えていた。

「リン、何見てるんだ」

「あの花……十五個、十六……あれ？　どこまで見たっけ」

かなり細かい柄なので、気を散らされるともうわからなくなった。集中もできないので、二十以上数えられないのを、もう十回以上繰り返してる。

「おかえり」

俺は諦めてロイを見る。ロイは今日は来客があったからか、比較的かっちりした服を着ていた。

「お客さんは……」

恐る恐る聞くと、もう帰った、と言われほっとする。

俺はそれで少し元気を取り戻し、ロイの服の付属品から外しにかかった。

タイの留め具がなかなか外れなくて、ロイに首筋を指ですりすりとされる。

「ちょっ、やめ……できないから！」

「くく……。何度やっても不器用だな」

「つけたことないから」

十二歳までネクタイ類をつける機会ってそうない。七五三と入学式くらいじゃないか。

だから自分でやればいいのに、ロイは近頃全く自分で服を脱ごうとしない。

まあ、小姓の仕事だろうと言われればそれまでなんだが。

留め具を何とか外してシルクの手触りのいいタイをするするとほどく。

「――っうわ！」

ベッドの上に立っているところを突然抱き上げられ、横抱きにされてロイがベッドに腰掛けた。

「あの……まだ終わってないんだけど」

手を伸ばしてサイドボードにタイとタイ留めを置く。まだカフスボタンも外していない。ベストのアクセサリーも。

「ああ、頼む」

そう言ってぬっと袖《そで》を出される。

仕方ないからロイの膝《ひざ》の上でボタンを外す。

「子供じゃないんだし、この体勢おかし――っひゃ！」

突然耳を噛《か》まれて悲鳴が上がる。耳朶《みみたぶ》を掠《かす》めた牙《きば》が、ずくんと内側から何かを湧き上がらせて。

咄嗟《とっさ》に逃れようとした腰をぐっともう一方の腕が拘束する。そうされてなければベッドから落ちてたかもしれないけど。

俺は耳を押さえてロイを睨《にら》みつけた。耳が熱い。

「な、にを」

「悪い。目の前にあったから、つい」

「つい？」

つい耳を噛むのかこいつは。

「——ああ、そんな顔するなよ。今日は話があるんだ」

なんだそんな顔って。

「晩飯は？　食ったか」

「クレンが運んでくれた」

あまり食欲がなくてスープを飲んだだけだけど。

ロイは両手で俺を抱きしめ、肩から首にかけて露出した襟口あたりに顔を埋めた。ロイの睫毛《まつげ》が敏感な皮膚に当たる感触だけでたまらなくくすぐったい。

しかもそこで深呼吸されるとこそばゆいし、微《かす》かに触れる唇の感触も——。

「ちょ、やめ……」

身を捩《よじ》ってもびくともしない。何度かすーはー、とされて、更に顔が肩に沈められた。

「ああ——たまんねえ」

なんか、すごいおっさんみたいだな。

おっさんなんだろうけど。

「ロイ様は、何歳なんですか」

「なんだ急に」

聞いてみると、ようやく顔を離してくれた。

おっさんくさいからふと気になって、とは流石に言えない。

「知りたくなって」

「俺のことを？」

そう言ってるじゃないか。

歳くらいでなんだ？

ロイは顔を緩ませながらちゅ、と頬にキスしてくる。

「五十だ」

「えっ」

思った以上にいってた。見えないな。

「肉体年齢は、人間で言うと半分くらいか」

あ、だよね。

鬼だもんね。

そうか、五十だったらおじさん感が出ても仕方ないよな。

俺の父さんも四十九だった。最後に会った時は。

「何考えてる？」

ロイが最近よくする質問だ。

「俺の父さんも、俺がこっちに来る前、四十九だったなって」

「そうか。じゃあ今は五十五だな。流石にお前の父親よりは俺の方が若い」

そうかな。五十も五十五も変わらなくないか？

まあ、昔の話をして悲愴《ひそう》感に浸らせようとしないのはある意味助かる。

故郷の話になると、寂しいかとか、会いたいか、とか聞かれることは今までもあった。

寂しいに決まってるし、会いたいと言ってどうなるものでもないのになんで聞くんだろうと思う。

ロイはそういう意味では、良くも悪くも俺の気持ちに意識が行かないだけ、下手な慰めもしないのが気楽だ。

「故郷といえば……」

ロイが珍しく視線を巡らせた。

何かを言い淀《いよど》むのは珍しいため、まじまじと見つめてしまう。

ロイもやがて窺うように俺を見下ろして、間近で見つめ合うことになった。

赤い眼は何度見ても不思議な感じがする。綺麗《きれい》だ。

「渡り人の持ち物を持ってる奴がいて、見たいなら見せにくるが、と」

「持ち物？」

「何か書いてある小さな本らしいが、文字はわからないとのことだ」

ロイの手がすっと頬を撫《な》でた。

「見たいなら屋敷に呼ぶが、気乗りしないなら見る必要はない」

「見たい」

俺は即答したが、ロイはまだ硬い表情のまま目を離さなかった。

「そいつの名前はウーディブ・シュタインという」

反射的に体が強張った。その強張りをロイは見逃さなかった。

「リン、あいつに何かされたのか？」

咄嗟に逸らした目を戻すと、ロイが心配そうにこちらを窺っている。

「お前は俺のだ。指一本触れただけでも、許さねえ」

「触れられては、ないよ」

そう、確かに全く接触はなかった。

あいつもわかっていたんだろうか。

「何を言われた？」

そう言われて真っ先に思い浮かぶのは、あの呪文。

やめろ。思い出すな。

考えたらまた――。

「リン」

ぺちん、と頬を叩《たた》かれてはっとする。

見ているようで見ていなかったロイの赤い眼が視界に入る。

「あ……」

温かな手が重ねられて、自分がロイの腕に爪を立てるほど握っていたことに気づく。もちろん傷一つないが、それでも少し爪が食い込んでいた。

「ご、ごめんなさ――」

「いいから」

引き離そうとした手をそのままロイが手を重ねて腕に留め置くようにされる。

「言ってみろ。なんでそんなことになってる」

「そんな、って」

「ひどい顔」

そう言ってロイが顔を寄せた。

手が空いてないからか、すっと頬を擦り寄せられる。

「言わねえとわかんねえだろ」

近くで、ロイの低い声が耳の奥に響く。

「売らないでくれって言ってただろ？　この前。俺から買うと言われたのか？」

俺はごくりと唾《つば》を飲んだ。

「売らねえからな」

きっぱりと言い放たれる。

「どこにもやらねえ。言っただろ？」

俺は複雑な気持ちで頷《うなず》く。

ウーディブのもとへやらないと保証されて安堵《あんど》した気持ちは確かにある。けれどそれが嬉しいかというと、それはまた別の話で。

やっぱりどこへ行っても俺は所有物に過ぎない。

ウーディブから守られるために、この鬼の所有物になったというだけの話。

苦痛もない、蔑《さげす》みも。

大切には、されている。

でも……。

——じゃあ俺は、何のために生きてるんだ？

死ぬことも許されず、このまま？

暗い表情のままの俺の言葉を、ロイは辛抱強く待った。

長い沈黙が流れる。

ロイの手に挟まれた自分の手が熱かった。

いつの間にか、この腕の中もすっかり慣れてしまった。

俺はここを居場所として、もう死ぬことも諦《あきら》めて腹を据えて生きていかないといけないということなんだろうか。

なけなしの自尊心も——そんなものがまだあるのかもわからないが、それも捨てて。

所詮《しょせん》は奴隷としての扱いだとしても。

主人としてのロイを、もう、信じるしかない。

俺のために時間を割いて、労力を割いてくれているのをわかっているから。

ウーディブの目的が何かはわからない。ロイから俺を買い受けることが目的なら、ロイがしっかり断っているはずだ。それでも更に会いにくるというのは、隙を見ていたぶりたいんだろうか。

「ずっと側にいる?」

「ああ。絶対に離さない」

ロイがいればウーディブも無理はしないだろう。

……もしかしたら、あの『遊び』をロイに知られるかもしれない。でも、ロイはそれを聞いても、きっと同じことはしないだろう。

今はそう思えた。

それでも自分の口からロイに、ウーディブのところにいた日々のことを語る勇気はない。うまく言葉にできるとも思えなかった。

「元の世界の落とし物は、見たい。俺のかもしれないし」

渡り人は、俺の前には十年くらいいなかったと聞いている。一番最近のものなら俺のものの可能性もある。

奴隷に落とされた時に、持ち物は全て没収された。何一つ手元にはないし、もう廃棄されたと諦めていたものだ。

あらゆるものを奪われて、手放して今日まで生きてきた。一つくらい戻ってくる可能性があるなら、縋《すが》ってみたい。

「そうか。——じゃあ、持ってくるように伝えておく」

ロイはそう言って、いつもよりかなり優しく俺を抱きしめた。


ウーディブが訪問したのは、それから三日後のことだった。

「あまり気乗りしませんね。リンは本当に大丈夫なんですか？」

そう言ってカーターは渋っていたが、ロイが押し切った。

リンが決めたことだ、と。

カーターはやれやれと言いながらリューエンを呼び、自分も同席すると言って場を設けた。

応接室でロイの横に座り、その背後にカーターとリューエンが立つ。

到着が知らされカーターが迎えに行っている間、俺は息の仕方も忘れたように固まっていた。

リューエンは気配を消していたし、ロイは何も言わずに横にいる。

ノックの音がして、カーターがドアを開ける。

赤錆《あかさび》色の毛が目に入って、俺は下を向いた。

ウーディブはいつもの余裕な笑みを浮かべながら室内に入ってきた。

「よお、しばらくぶり」

その言葉が誰に向けたものかわからなかったが、ロイは立ち上がることもせず頷いて返したから、俺もそのまま座って待っていた。

ずっと机の上に目を向けてる。

「わざわざ悪かったな」

別に品物だけ届ければよかったのに、とでも言うようなロイの台詞に、ウーディブが笑いながら向かいのソファに座った。

「――で、例のものは？」

「随分とせっかちだな」

「目的はそれだけだからな」

「つれないなあ。――あぁ、こうして見るとますますたまらねえ」

低くなったウーディブの声に微かに肩が揺れる。

「ロイ様、やっぱり、どうしてもだめか」

「ウーディブ、その話は終わっただろう。俺はリンを手放すつもりはない。これ以上言うなら帰ってもらう」

「魔石の取引価格を一割上げても？」

「ウーディブ」

ロイの言葉にリューエンが一歩動いた。これまで気配がなかっただけに、急に存在感が増す。

ウーディブがすぐに両手を上げた。

「わかった、わかったよ。もう言わない」

「早く出せ」

ウーディブが懐から一つの包みを出し、テーブルに置いた。

「そんなに具合がいいのか？　そいつは」

テーブルに伸ばそうとしたロイの手が止まる。

「思ってた以上にその奴隷を大事に飼ってるってことはよくわかった。諦めるよ」

やれやれ、というようにウーディブがため息をついた。

諦めると言われて少しほっとする。まだ油断はできないが。

「思えば昔から、面倒見が良かったもんな。手のかかるはぐれドラゴンを育てたり。そいつも渡り人なのに魔力なしで手がかかるだろ？」

それなのによくもまあ面倒が見られるな、とペラペラと喋《しゃべ》る。

やめろ、余計なことを言うな……そう思っても、声どころか身じろぎするのさえ難しい。視線がこっちを向いているとわかっているから。

「随分と詳しいな。調べたのか？」

「そりゃ――あ？　聞いてないのか？」

「何をだ」

ウーディブがおかしそうに笑う。

その笑い声だけでも嫌な思い出が連想されるようで、俺は拳《こぶし》を握った。

「俺も以前、こいつを飼ってたからな。人間としても渡り人としても出来損ないで、どこへ行っても使い道なんてなかった役立たずを、俺が使い道を見つけてやったんだ」

みんなの視線が俺に向いている気がする。

俺はますます小さくなって固まった。

出来損ない、役立たず。わかってる。この世界で俺がどう見られてるか。

異世界人なのに何もできない、何も知らない奴。最低限の労働力にさえならないお荷物。

「ロイ様、こいつの面白い使い方を教えようか」

「は――」

『疼痛《ペイナ》』

ガタン、とロイが音を立てて立ち上がった。

俺はそれを見上げる余裕もなく、ひっ、と声にならない悲鳴を上げてその場に倒れ込んだ。

「リン――！」

何人かの声が重なって名前が呼ばれた。でも、全身の針を刺すような痛みに返事ができない。

「はっ……、はっ……」

おかしな呼吸になる俺を抱き起こし、ロイが愕然《がくぜん》として俺の頬を叩いた。

「リン!?」

「どういうことですか、その呪文は所有者であるご主人様しか使えないはず」

「面白《おもしれ》えだろ？　くく……こいつ、俺との遊びを体が覚えてるんだぜ――」

痛くない。幻だ。

そう思うのに、重苦しいこの首輪が今にも本当の痛みをもたらすように思えて。そのせいでひどく息苦しい。

涙で滲《にじ》む視界に、ロイが固まったようにただ俺を見つめている。

「一番面白い呪文があるんだ。うまくできるか？　出来損《フロウ》ない。ほら、一番苦しいやつだ。お前が泣いてやめてくれ、なんでもするからって床に這《は》いつくばってたやつ」

まさか。俺は恐怖に支配されるように、ウーディブに視線を移した。怖いのにどうして見てしまうんだ。

体が勝手に動いた。

ウーディブの愉悦に満ちた顔。開く口――。

「よせっ――」

『窒息《サフオク》』

瞬間、俺は首輪を押さえて息を止めた。

首輪が締まって、頭が沸騰するように痛くて、苦しくて、全身が痺《しび》れる――。

ロイの体が机を飛び越えてウーディブに向かった。

胸ぐらを掴《つか》み壁際まで押しやる。

ドガン！　とものすごい音がした。地震かと思う揺れが屋敷ごと、俺の体も揺らして、その驚きのおかげで息をすることを思い出す。

「リン！　首輪は発動していません。しっかりしなさい！」

体はまだ震えたままだったが、その俺の体をカーターが支えてくれていた。徐々に周りが見えてくる。

リューエンはいつの間にか剣を抜いてウーディブに向けていた。

壁に半分くらい体がのめり込んだウーディブと、手を放さないロイ。ウーディブは苦しげに顔を歪《ゆが》めていた。

ロイの顔は見えない。ウーディブを押さえる腕に血管が浮き出ている。

とてつもない怒りがこっちまで伝わってくる。

そのロイの頭に、漆黒の角が生えていた。

「――っ、何すんだ！」

普通に抗議の声を上げられるあたり、かなり頑丈だ。

「俺のものに手を出してただで済むと思ったか？」

今まで聞いたことのない低い声だった。

「ふ、触れてないだろ！　もう一つの使い方を教えてやっただけじゃねえか！」

「リンを苦しめるなら同じことだ」

「は？　なんだよ、ただのペットじゃないのか!?　魔力精力の発散相手だろ？」

付き合いの長いウーディブだからこそ、ロイがリンをどう思っているか気づかなかったんだろう。

発散相手は必要不可欠で、これまでもずっとロイの側にはそういう対象はいた。消耗品で、一時の所有物――。

少なくともウーディブはロイのこれまでの様子からそう見ていた。大切にしたとしてもそれ以上にはなり得ないと長い付き合いで確信していた。

ロイ自身、初めの頃のリンにはその確信も間違ってなかっただろう。

「大切に思っている。心通わせる存在だ」

「は……は？　ばか言うなよ！　心通わせてたら俺のこと話してるだろうが。そいつにそんな感情あるはずねえだろ？　欠陥品なんだよ！」

ウーディブから見れば、俺は同じ人ではない。奴隷で、欠陥品で、道具だ。

心があるとも思っていないんだろう。

俺は耐えきれなくなって耳を塞《ふさ》いだ。

もう嫌だ。

言われなくてもわかってる。

俺になんて何の価値もないって。

「ぐわぁっ！」

野太い悲鳴を上げて、ウーディブが白目を剥《む》いた。

どすん、と大きな音をして床に転がる。

ロイが何かしたんだろう。

「シュタイン商会の副会長を呼べ」

「はっ。こいつは」

「牢《ろう》に入れとけ」

短く命じ、リューエンが直ちにそれに従う。

ロイが振り返って、こっちに走ってくる。

「リン！」

がばりと抱きしめられ、苦しいほどに抱擁される。

「もう大丈夫だ。悪かった、咄嗟《とっさ》のことで体が動かなかった。驚いて……一度目でさっさと奴の息の根を止めていれば」

いつもの腕の中。

汗で張り付いた前髪をかきわけられて、顔を覗《のぞ》き込まれる。

「息できてるか？　苦しくないか？」

俺は力ないまま頷《うなず》いた。

もう大丈夫だ。

全身に汗をかいて、背中がぐっしょりと濡《ぬ》れている。

「ごめん、なさ……」

謝罪は喉《のど》で引っかかって最後まで言えなかった。

「なんで謝る」

なんでって。だって、こんな騒ぎになって。

俺が役立たずの欠陥品だってわかったから。

だから、そんなに……。

「怒って――」

俺はロイの黒光りする角を見上げた。

巻き目模様を反射させながら、額から二本突き出ている。

「興奮しすぎて一度出るとなかなか引かねえんだ。そのうちしまう。怖いか？」

俺は首を振った。

「お前に怒ってねえよ。ウーディブのクソ野郎に怒ってただけだろ。あと、側にいたのにこんなことになっちまって。不甲斐《ふがい》なかったな」

それは、俺が言わなかったからだ。

突然のことで驚いてたのは知ってる。

「怖かっただろ。言えば会わせることなんて絶対にしなかったぞ」

「ごめんなさい……」

ロイは再び俺をぎゅっと抱きしめた。

この日、ロイは甲斐甲斐《かいがい》しく俺の世話をした。

着替えさせられて、風呂《ふろ》に入れられて。ご飯も欲しくなかったが、ロイが口まで運ぶから仕方なく少し食べる。

前から思ってたけど、でかい体に似合わずマメだよな、こいつ。

基本的にずっと膝《ひざ》に乗せられて。

色々あった事後処理は全部カーターに任せているらしい。

大丈夫なのかなと心配になったが、カーターからはリンに付き添うよう言われたからいいんだ、と言われる。

俺もこの場所がすっかり慣れてしまったんだなと思う。

一通り寝支度まで整えられて、ベッドの上、ロイの腕の中で俺はぼうっとしながら、髪の毛を撫《な》でられるままに体を預けていた。

ロイの角が本当に少しずつまた頭に戻っていくのを怖いもの見たさでチラチラと見てしまう。

血は出てないけど……どうなってんだあれ。

今ではもうすっかり元の額だ。

髪の毛で隠れたそこは、よく見ると硬くなって他の皮膚と少し違う。

抱きかかえられ力が抜けて、段々と体が沈んで横になる俺を、ロイが上から見下ろしている。すっと上に手を伸ばして撫でてみると、ロイが驚いたような顔をした。

「なんだ」

「角、すっかり引っ込んだね」

「ああ」

言ってぽきぽきと肩を鳴らす。

「久しぶりに出したな」

「皮膚を破って出るわけじゃないんだ。ここは角なんだね。痛くないの？」

「痛くない。頭の骨が伸びる感覚だな。重さは変わらねえが、バランスがなんか変な感じするくらいだ」

「出そうとして、出るもんなの」

「まあな。力を入れれば出るし、興奮しすぎたら出る」

「へえ……」

牙《きば》以外にも鬼らしいところがまだあったとは。

「お前と初めてやった時も、興奮しすぎて最後らへんは出てたと思うが」

やめてよそんな話。

覚えてないし、思い出したくないし。

「――なあ、何考えてる？」

ロイが真上から見下ろしてくる。

この赤い眼は、暗闇でも少し光っている。

何も考えてない。考えたくない。

「ロイ様の眼、綺麗《きれい》」

ぼうっと呟《つぶや》いて、半開きになった俺の唇に、ロイの唇が重ねられる。

反転した顔からの口づけは、いつもと少し違う舌の動きで、下顎《したあご》の方をまさぐられる。

ねっとりと絡ませて舐《な》め上げられ、ロイの顔が離れて行った。

「っ、そういうことじゃねえ。——ついやっちまったじゃねえか」

ロイの太い指が俺の濡れた唇を拭《ぬぐ》った。

お前が可愛いから、と言いながら、ロイは珍しく少し悲しそうな目をしている。

「お前のこと、全然わかってなかったんだな」

俺は姿勢を変えて、ロイの膝の上あたりで横向きに寝転んだ。

「人間だから、鬼が怖えのかと思ってた。だがお前は、ここに来るまでに散々な目に遭ってたんだな」

後悔の滲む声音だった。

俺のことを大切にしていたつもりが、全然だったと気づいた、と。

「どの種族も怖いのか？　人間もか」

トカラ村でのことを思い返せば、俺が人間もそう得意じゃないことは気づいたんだろう。

それは、優しくされたことはなかったのかと聞かれているようだった。

されてたよ。前の世界では。

お父さんもお母さんも、俺を愛してくれていた。俺は大切な息子で、守られた子供で。

でもこの世界では。

――役立たずにお似合いの境遇だったって、そんなこと言えない。

俺はロイの腰に手を回して、ぎゅうっとしがみつく。

「ロイ様だけ」

怖くなったのは、この屋敷の人達だけ。

もうこの話は終わりにしたい。

俺はもう寝る、と言うように顔をロイのお腹あたりに埋めて、寝たふりをした。

ロイは長い間黙って頭を撫でていたが、その後は何も言わずいつもの腕枕の体勢に直してきた。

色々あったせいかなかなか寝付けなかったが、俺は目を開けずにずっと寝たふりをしてロイの胸に顔を伏せていた。


俺はまたしばらく引きこもりの生活に戻った。

でも、ちゃんと三食食べて風呂も入って、室内で軽い運動（？）もしている。つまりはロイの魔力を受け止めるって仕事もしてるから、建設的な引きこもりだ。

ウーディブが牢とはいえ同じ敷地内にいると思うと落ち着かないから、とりあえずあまり出歩かないことにしてるだけだ。

そんな俺に、ロイが朗報だ、と言って急に昼にやってきた。

腕や胸に軽い切り傷がある。

さっき訓練場の方からすごい歓声が聞こえてたから、何かしてきたんだろうか。

「ウーディブの野郎の角、折ってきたぜ！」

「――は？」

そう言ってガラガラと床に落としたのは、確かに見慣れたあいつの、太い角。

「見えるか？　ほら、あそこ」

投げた棒拾ってきた犬みたいな顔してるぞ。

言われて窓の外を覗くと、庭園の噴水にいつもは見ない黒い塊が見えた。

「なに、あれ……？」

「ウーディブ」

「えっ、殺したの？」

「いや？　気絶してるだけだ。角を折られた衝撃は一月くらい寝込むって言うからな。魔力の源が急になくなって、体が追いつかねえんだ」

気絶したっていっても、噴水のオブジェは、柱みたいなのに装飾が施されて、そのてっぺんから水が出ている。その少し横のところに無造作に引っ掛けられてるから、水浸しでひどいことになってるが。

「一体……」

「殺しても良かったが、名分が弱くて後で何か言われても面倒だからな。正々堂々と決闘で決着をつけてやることになって。さっきぶちのめしてきた」

ああ、俺には触れてないし、呪文も、本来効果のないはずのものだから……。

「お前にも見せてやりたかったが、あいつがまた馬鹿なことをしでかしても良くねえからな」

いや、全く見たくないから呼ばれなくてよかった。

「角もなくしたし、商会長は兄弟が引き継ぐだろう。回収しろとさっき連絡したから、じきにあれもなくなる。なんか復讐《ふくしゅう》したかったら手伝うぞ？」

俺はほとんど何も考えず首を振った。

野蛮な決闘に俺を巻き込まないで欲しい。

「そうか？　まあ——あいつの種族間では、敗者は同族の加虐欲を満たす対象として使われる。痛みを与える側から与えられる側になって、お前と同じ目に遭うと思えば、少しは気が晴れるか？」

それは、わからない。

俺は複雑な気持ちからは目を背けた。

あまりにも虐げられた時間が長すぎて、やり返したいとか、同じ目に遭わせたいとかそういう時期はもう過ぎたんだと思う。

そもそも、俺の不幸はこの世界に落ちてきたことだ。ウーディブ一人の問題じゃない。

俺に魔力がないから。異世界の知識を何ももたらさないから。だから役立たずで、こんな目に遭っても当然だって。

ここはそういう世界だろう？

「これで部屋から出れるか」

俺は頷《うなず》いて、ロイを見た。

巨体同士の決闘はさぞかし豪快で凄《すさ》まじかったんだろう。それでもロイの腕や胸に複数傷があるだけで、顔にも足にも傷はなさそうだ。腕に多いのは、攻めの一手だったからなんじゃないかな。

血が出たんだろうが、もうそれも止まって固まっている。驚異的な回復力だ。

一番大きな胸の傷を指でなぞってみても、痛そうにはしてなかった。

「手当しなくていいの？」

「もう塞《ふさ》がってるからな。血を流せば終わりだ」

「洗おうか？」

一応、俺のために決闘してくれたんだし。それくらいの世話はした方がいいかと思い声をかける。

思った以上にロイは嬉《うれ》しそうに笑った。

「マジか？　リンからそんなこと言うなんて珍しいな」

「いや、上手《うま》くないから……やっぱり」

「取り消すなよ！　すぐ用意するから。頼む」

ロイがあっという間にドアの外に声をかけて、お湯を用意してくれ、と叫んでいた。

してますよー、とどこからともなくクレンの大声が返ってくる。

よし、じゃあ行くか、とロイがうきうきとしている。

「確かに豪快だけどな、お前の洗い方。水の掛け方が」

それは適当にしてるからだ。

「今日は、ちゃんとやる」

「構わねえよ適当でも」

そう言ってロイは俺を抱え上げた。

なんで抱くんだよ。風呂《ふろ》を手伝うのは俺だぞ。

ロイはそのまま鼻歌を口ずさみながら風呂場へ向かった。

抱き上げられているからか、久しぶりの部屋の外も特に怖さはなかった。


固まった血というのは意外と落ちにくいもので。

水の方が落ちると言われたから低めの温度で洗っていく。

あまり強くこすると痛そうでそっとこすっていると、ロイが焦れてぽりぽりと爪で掻《か》いたりした。

痛くないんだ、と思ってからは力を入れてこすって、何とか血は全部落ちた。

傷はもうくっついていたり、大きい胸の傷も新しい肉が盛り上がってる。

すごいな。これ、俺なら一週間後の傷だ。

水に溶けたからか、あたりに血の匂いがしている。俺は今度は石鹸《せっけん》を泡立てて、ロイに向き直って
――はた、と止まった。

なんで勃ってんだ？　こいつ。

あまりにでかいから、存在感があってすぐ気づいてしまった。

え、まだ洗うのこれからなんだけど。

俺はシャツも着てるし。ズボンは脱いでるけど、半袖《はんそで》のシャツは丈が長いので俺の太ももまで隠している。

そんな雰囲気じゃないだろ。

どこに勃つ要素が？

「あ、あとは、自分でやる……？」

タイルの上、胡座《あぐら》をかく姿勢で座っているロイに泡のついた布を差し出してみると、ロイはきょとんとした顔をした。

「流しただけで終わりか？」

「血は……取れたよ」

「洗ってくれるんじゃなかったのか」

がっかりしたように言われては、やらざるを得ない。

俺は背後に回って、でかい背中から洗った。

背中、腕、首と泡で洗っていく。こすって欲しいのかもしれないが、俺の力では無理だ。

でもこの泡で洗うの、俺もよくしてもらうんだけど、ふわふわでメレンゲみたいなきめ細かい泡はすごく気持ちいい。

なので今日は泡で。

チラリとロイを見ると、目を閉じてるからそれなりに気持ちいいんじゃないかな。

上半身が終わって一度お湯をかけてから、今度は足も洗っていく。

本当にでかいな。

足の指の間まで洗っても全く身動きしない。

くすぐったくないらしい。ちっ。

「終わりでーす」

お湯をかけて終わりを告げると、ロイは不思議そうにした。

「まだ全部洗ってないが？」

「…………」

洗ったぞ。その、立派に硬くなってるそこ以外は。

俺は勇気を出して聞いてみることにした。

「あの……なんで勃ってるの」

「血の匂いが強くて興奮した」

「へ、え……」

それは難儀な性質だな。

「石鹸の匂いに変わったと思うんだけど」

「お前がそんな格好だからかな」

じっ、とシャツの裾《すそ》、太ももあたりを見られて俺はシャツの裾を掴《つか》んだ。足を閉じてロイを見ると、ペロリと舌舐《な》めずりしている。

「なんだよその動き。誘ってんのか？」

なんでだよ。

普通に風呂の手伝いのカッコだろ？　風呂係の二人みたいな短パンはないけど、半袖シャツはあいつらと同じ感じのはずだぞ。

「ここも……すっかり育ってきたな」

ロイの視線の先には、濡《ぬ》れたシャツのせいで、俺の乳首は透けて見えて、しかもぷっくりと浮き上がっていた。

言われて初めて気づき、俺は慌てて胸を隠す。

そうすると無防備になった太ももを、ロイの大きな手がスルスルと撫《な》でた。

「今度は俺が洗ってやろうか？」

「――っ、まだ、終わってないから！」

つい逃げるための言葉だったが、ロイはニヤッと笑った。

「そうか？　じゃあ、頼む」

反り勃ったそこを曝《さら》け出《だ》して、両手は俺の太ももから離れない。

言っても無駄だ、と思い俺は黙って泡を再び作り出した。

さっと洗って終わりにしよう。危険だ。

ウーディブの訪問以降、実はロイは俺に挿《い》れてない。

俺を気遣ってなのかどうかは疑問だ。

だって、舌を絡ませながら俺のものと自分のものを合わせて擦り上げ、精を放つという極めて恥ずかしい行為はさせられているから。

その甲斐《かい》もあってか、ロイのものに触れるのに抵抗がなくなってきたのは唯一良かったことかもしれない。

俺は泡をつけてロイのものをゆるゆると洗った。

どくりと脈打つのがわかって、ついごくりと唾《つば》を飲んでしまう。

そこへすかさずロイが口づけてきた。

「んむ、う、っぷ……」

ロイの手が太ももを行ったり来たり、肌の感触を確かめるようにしつこく撫で回す。

つつつ、と上まで上がると際どい下着の境目まで撫でられ、足の付け根をぐっと指で押されて。

「っあ、あ……っんんう」

口内を犯すように這《は》い回るロイの分厚い舌が、そこと合わせてあっという間に俺から快感を引き出す。

俺はついいつもの癖で、ロイの硬くなったそこを一層速く擦って動かした。両手で包むように、泡ごと扱くように動かす。強弱をつけるとビクビクと動くので、時々それをやりながら、グリグリとてっぺんも包んで刺激して。

――待てよ。

洗うんだった。なんで奉仕するみたいになってるんだ。

そう我に返った瞬間。

ロイが片手で俺の背中を引き寄せ、突き出された俺の胸の突起にべろりと舌を乗せた。

「ふぁっ――」

シャツの上から乳首を舐められ、吸われ、思わず声が出た。

しつこくそこを刺激されて、じんじんと俺の前にも熱が集中していく。

いつもと違って布一枚あると、焦れったいような、それでいて逆に繊維の刺激がいつもと違う快感を生む。

「ロイ様、ちょ、それ……」

やめて、と言いたいのに、ロイの口は乳首から離れず、時折軽く噛《か》んだり、吸いながらちろちろと舌を動かされたり。

俺はもう膝《ひざ》でも立てなくなって、その場にへたり込んだ。

いつの間にかロイのものも放置したままになって、俺は荒くなった息を整えるのに必死だ。

何より。固いタイルの上で、俺の後ろがきゅっとしまったのが自分でわかった。

欲しがってる。

内側から湧き上がった熱が、出所を探して暴れ始めたようだった。

「リン。そんな潤んだ目で見られたら、抑えが利かなくなる」

ロイが自分のものについた泡をお湯でざっと流した。ついでに俺の手についた泡も。

視線はこちらに向いたまま、俺と見つめ合ったままで、ロイは自分の竿《さお》を自分で擦り始めた。

びっくりしてロイを見るが、その赤い眼は確かに欲情に燃えていて、俺のことを射るように見据えていた。

くちゅ、くちゅ、と音がする。ロイの先端から先走りが出ている。その透明な液体を見た途端、俺の中で何かがぷつん、と切れた。

俺は魅入られたように屈み込み、夢中でその透明な汁に舌を伸ばした。

出すくらいなら、おれが——。

「——っ、リン？」

流石のロイも予想していなかったらしく、驚いた声を出す。しかしそれとは反対にここは怒張を更に増し、ずくん、ずくんと脈動の度に大きくなる気がした。

先端を咥《くわ》えてそのしょっぱいような味に、俺はめまいに似た感覚を覚える。その味を感じる度に気持ちのいい酩酊《めいてい》感が来る。

口に含んで舌を転がす度、先端から溢《あふ》れてくるそれがもっと欲しくて。自分の唾液《だえき》と混ぜて、舐めまわし、吸い上げ、しゃぶった。

「——っく、リン……おま、なんてこと」

ロイの声が余裕なく上擦っているので、俺は更に勇気を得て両手で口に入らないところを扱いた。

時折咥えすぎて喉《のど》の奥に当たり、苦しいこともあったが、上顎《うわあご》と喉奥を刺激される度、苦しいだけではない確かな快感の波が生み出されている。

「んむ……ん、むぁ、ふ」

必死になりすぎて声も漏れる。唾液か先走りかわからずぬめついたもので更に滑りを良くし、俺の口の周りも濡れそぼっていた。

「リン、出る――っ」

ロイは知らせてくれたが、口を離すつもりはなかった。そのまま刺激を続け吸っていると、喉奥に射精され、口内に一気に苦味が広がる。

「うえっ……」

その苦味とあまりの量に思わず吐き出したものの、喉に放たれた一瞬の快感が頭に残っている。

――なんだ、この感じ。癖になりそうだ。いや、なったらだめだろ。

ロイが慌てて手でお湯をすくって差し出した。

その手を両手で支えて、ロイの手からお湯を飲み、口を濯《すす》ぐ。

「大丈夫か？　リン」

心配そうな顔をされたが、俺もちょっと恥ずかしい。

顔が赤くなってると思うが黙って頷《うなず》いた。

「無理するなよ」

「してない」

そこは一応即答しておいた。

「こんな小さい口で、必死で頑張ってくれて。たまんねえな」

ロイの指がぬっと口の中に入ってくる。

俺はされるままに口を開けた。

自分が出したから確かめたいのかと思ってそうしたのに、ロイの指はぐるりと俺の口の中を撫で回し、二本の指で俺の舌を挟んだ。

そのままゆるゆると扱かれて、俺がはてなマークを頭に浮かべている間に、ロイは慣れた手つきで俺の体を膝立ちにさせ、下着を下ろした。

「ふぁっ、ひっ……」

舌を挟まれて扱かれて、喋《しゃべ》れない。

「ああ、可愛い。たまんねえ」

ロイはますます激しく俺の舌に絡めた指を動かした。首筋まで頭を下げ、俺の傷跡に舌を這わせる。

ぬるりと舐められ、傷つく手前くらいに牙《きば》を立てられる。

「ふぁ、っは、は、はふぅああ！」

ただでさえ興奮しているのに、俺はそれだけでびくびくと体を痙攣《けいれん》させてしまう。

射精してはいない。でも軽く達した。

唾液が口の端からこぼれる。

ようやくロイが、俺に見せつけるように舌から糸の引いた指を、ゆっくりと離した。

俺は荒い呼吸を繰り返し、ロイの体にもたれかかる。

俺の唾液でしっかりと濡れた指で、ロイはゆっくりと俺の竿を掴んだ。

「っふぁ、あ、ああ！」

ぬるぬるになったロイの指が一気に動かされ射精感が込み上げる。しかしロイがすかさずぎゅっと握ってそれを許さなかった。

「なっ、んで――」

「もうちょっとな」

何言ってるんだ。

俺の混乱を宥《なだ》めるように、ロイはちゅ、と俺の頬にキスをした。

もう片方の手が後ろの窄《すぼ》まりに伸び、既に慣れているそこをトントン、と叩《たた》く。その度に俺のそこはきゅっと締まって、誘っているように動いた。

「リン。最高だな、お前のここ」

「うう……も、ぃや」

前はジンジンと脈打ち、早く出したいのに。後ろも焦らされて。

俺は涙目になって洟を啜《すす》った。

「泣くな。リン、すぐ良くしてやるから」

ロイの甘い声がする。同時にぬぷ、と指が後ろの狭いところに分け入ってくる。

それだけで俺のそこは、きゅうきゅうと喜び締め付けているようだった。

ロイは器用に、ぬるついた手で前を扱きながら、俺が達しそうになるときゅっと締め、を繰り返した。

　その度に俺は後ろを締め付け、そうするとロイの太い指がきゅうう、と俺の感じる敏感なところを勝手に刺激する。

　それを何度も繰り返して、沸騰しそうな頭で、俺はいつの間にか変な声を上げながら懇願していた。

「うぁ、う、うぉ、ふっ、はああ、も、お願い、たすけて、あ、ああ、あんん」

「いいぞ。ほら、ちゃんと腰を振ってみろ」

　ロイがゆるりと俺の竿を包み込んだ。前の手の動きをやめて、後ろの指は押すように刺激する。あまりの快感に逃げるように動くと、それだけで俺の竿が、ロイのぬるついた手の中でこすれてたまらなく気持ちいい。

「っあ、ああ、あ、あ、あぁっ」

　俺は恥ずかしさなんてとうに追いやって、必死で腰を振った。

　前が絶妙にぬるぬると圧迫されて扱かれ、後ろはロイの指でぐ、ぐっ、と動く度押されて。

　ガクガクと膝が震えるのに、その動きだけはやめられなかった。気持ちよすぎる。

「あ、ああ、きもち、い……とまらな――っ」

「いいぞ、リン。上手だ。もっと速く、動かしてみろ」

「あ、あぁあ、ああ――!!」

　頭が真っ白になって、俺は激しく痙攣しながら精を放った。

　そのままその場に崩れ落ちながらも、余韻にビクビクと体が跳ねる。

ロイが体を支えて、そっと抱き上げて浴槽に入った。

ぴたりと密着するだけでずんずんとまた快感を拾っていく。

俺はその後も湯船で何度もいかされた。


それから数日。

また穏やかな日常に戻った。

屋敷の鬼達はウーディブとの一件を知ったせいか、今まで以上に俺に優しい。

しかも、話し始めは以前よりいつも一歩遠い。

「――リン、いいか?」

必ずそう聞いてから、近づいてくる。初めはどうしたんだろうと思っていたが、最近では俺ももう苦笑しながら頷くようになった。

鬼の方から距離感を心配したり、俺の怯《おび》えを慮《おもんぱか》るなんて、実はすごいことなんだと思う。前はあんなに無遠慮だったみんなが。

「大丈夫だよ。いつも通りで」

俺はそう言って、ありがとう、と返すようにしてる。

まあ、そのあとはいつも通り撫《な》で回されたりあれこれ渡されたりなんだけど。

あいつは玩具《おもちゃ》なんだ、欠陥品なんだっていう反応は、誰からもなかった。

俺がそうなるんじゃないかって勝手に恐れていただけだったんだ。

カーターは俺に謝罪した。

奴隷の資料を見れば、前の所有者はわかるのに、俺の売買に関することは全部部下に任せてたって。

改めてちゃんとするから、って言われて、それはそれでちょっと複雑だ。

俺のこの世界での経歴は散々だから。

日課の運動も日光浴も再開した。

食事も、人間料理のアドバイザーって人がトカラ村へ研修に行くことになった、とかで更にグレードアップするらしい。

これもロイのおかげなんだろうな。

ロイ自身が、から揚げを必ずマスターしてこいと言い含めてたから、本人も楽しみなんだろうけど。

人間らしい生活だ。

食べて、活動して。

ただ……、最近眠りが浅い。

時々夜に目が覚める。

ロイの腕の中でもぞもぞしながら朝を待つことも多い。

体が回復して健康になったから睡眠時間が減ったのか、と思ったが。

それにしては、どうも最近疲れやすい。

ちゃんとご飯も食べてるし、運動もしてるのに。

今日は特に体がだるいので、朝の日課の体力作りも休んでベッドでゴロゴロしてる。

「医者に診てもらえ」

とロイが先生を呼んだけど、特に異常はないかな、と言われる。

先生は人間のお医者さんだからここにいても俺しか診る相手いなくて暇じゃないのかな。気になって聞いてみたら、そもそも治療より研究をしたいからいいんだって。

それでいつも俺以上に引きこもってるんだな。

「――どうだった？」

「ん、異常ないって」

夕方になって寝室を覗《のぞ》いたロイの質問に答える。

「元気ねえのに、異常なしか？　ほんとだろうな」

やめろよ先生問い詰めるの。唯一の人間仲間なんだから。

俺が大きな欠伸《あくび》をしたら、ロイがひょい、と俺を抱き上げる。

「眠そうだな。もう寝たらどうだ」

「うん。ロイ様、ご飯行ってきて……」

「ああ」

そう言ったが、ロイは俺を離さなかった。

抱いたままベッドに運び自分も横になる。

気にせずご飯食べてきたらいいのに。

そう思ったが、睡魔が襲ってきて、俺はロイの体にしがみつき、心地いい眠りについた。


「────っは!!」

叫んだ、と思ったら、声になっていない呼吸だけの声が出た。

はあ、はあ、と荒い息になっていた。

あたりは真っ暗。ベッドの上だ。

ふう、と息を吐いて呼吸を整える。

──ああ、夢だ。

全身にびっしょりと汗をかいている。

もうすぐ夏とはいえ、窓を開けているのでそこまでの暑さは感じない。ロイにくっついていたといっても、これは本当にただの夢見の悪さによるものだろう。

気持ち悪いから着替えようと思い、上体を起こした。

「リン？」

呼ばれて振り向くと、ロイがこちらを見ている。暗闇で赤い眼が光った。

「ごめん、起こして。汗かいたから着替えようと思って」

寝てて、と言ったのに、ロイは素早く起き上がって俺の着替えを取って来てくれた。

あっという間にボタンを外し、着替えさせられる。

すごい手慣れてるじゃん。

絶対朝の身支度も自分でした方が早いだろ。

ぽいぽい、と古い服を投げて、ロイは俺の顔を覗き込んだ。

「大丈夫か？」

汗をかいたからか？　なんでそう聞かれるかわからず、首を傾《かし》げてから頷《うなず》く。

「水飲むか」

「いらない。――もう寝て。ごめんね、起こして。ロイ様いつも、朝までぐっすりなのに」

「最近は――」

ロイが一瞬止まって、それから俺を抱き寄せた。

「お前、よくうなされてるから。悪い夢か？」

「あ……うるさかった？」

「そうじゃねえ」

ロイが俺をぎゅっと抱きしめ、ちゅ、と頭にキスをした。

「心配してんだろ。なんの夢見てんだ？」

そうは言っても。

「覚えてない」

最近夢を見ないんだ。正確には、覚えてない。

起きた時に嫌な風に胸が早鐘のように鳴ってるから、嫌な夢なんだろうけど。

——どんな夢でも、夢は嫌いだ。

俺が夢を見るのはいつも元の世界のことだから。

何もかも懐かしい、そこにいるだけで涙が出てしまうくらい懐かしい平穏な毎日。

そして、それが夢だと突きつけられる朝。

弱った心に更に追い討ちをかけられるような気になる。

「もう寝るから、ロイ様も寝て」

俺はそう言ってロイに体を預け、目を閉じた。

ロイの鼓動を聞いていれば悪夢は幾分かマシになるかもしれない。


夏になった。

俺はまた体調を崩していた。

夏バテかなと思ったけど、それがずっと長引いてる。夜は寝れたり寝れなかったり。でも、寝れた日も朝からずっと気怠い。

俺以上にロイが日に日に深刻そうな顔をしていた。

俺の影響で、ロイまで眠りが浅くなったのか、俺が目覚めるとロイもいつも目を開けていた。

「何考えてる？」

以前にも増して、ロイによく聞かれるようになった。

今日も寝るにはまだ少し早い時間。ベッドの上でぼうっとしていると、ロイに聞かれた。ロイも俺に合わせて早めにベッドに入り、いつもの寝酒を飲んでる。

「何も」

本当に何も考えていないのでそう答える。

ロイは少し息を吐いて、俺を抱き寄せる。

「何か悩んでないか？」

らしくない。

ロイの方がよっぽど悩みがありそうな顔してる。

いつもの溌剌《はつらつ》と元気な様子はどうしたんだ。

「なんか疲れやすいのが……なんでかなって。夏バテかな」

「なんだ？　夏バテって——待て。そういえば」

そう言って腕を伸ばして取った本。

出た。——久しぶりに見たな『人間の生態』。すごい読みこんでる。ボロボロになってる。

「夏の暑さによって体力を消耗した結果引き起こされる——は？　暑いだけでなんで体力が消耗するんだ？」

そうだな。肝心なのそこだよな、鬼にとっては。

「あ、原因が書いてある。原因は様々。脱水、自律神経の乱れ……暑いからと冷たいものを食べすぎると胃腸が弱って――ん？　なんで冷たいもの食べると胃が弱るんだ？」

ああ、胸やけとかなさそうだもんな、鬼って。

そうやっていちいち意味がわからなくて、結果あまり参考になってないいんじゃないか？　その本。

「鬼って二日酔いとかあるの？」

素朴な疑問で聞いてみる。

「二日酔い？　なんだそれ。――ああ、そういえば書いてあったな、それも」

そうしてまた索引からぱらぱらと二日酔いのページをめくっている。

「頭痛、吐き気、胸やけ、倦怠感《けんたい》……酒を飲んで気分が悪くなるのか？　最悪だな」

「いや、みんながなるわけじゃないと思うよ」

「リンもなるのか？」

「さあ。お酒飲んだことない」

「…………」

「…………」

沈黙が流れる。

「は？　今なんつった」

「お酒――？　飲んだことないけど」

「嘘だろ!?」

「え、何？　そんなにびっくりすること？」

「生まれてこの方、飲んだことねえのか!?」

「未成年だからね」

「未成年？　って、なんだ」

「子供ってこと。子供のうちからお酒飲むと、なんだったかな。体に悪いんだって」

「嘘だろ。人間の間じゃそんな迷信があんのか」

迷信じゃないし。

やれやれ、といった気分でロイから本を取った。

索引でアルコールを調べてみる。『人間とアルコール』。

「ほら、書いてるよ。人間は子供のうちにお酒を飲むと、脳細胞が壊れたり――」

「脳が？」

信じられない、といったように言うロイに、俺は続けて読もうとして、止まった。

「なんだ？　読めないのか」

いや、読める。俺の唯一の特技なんだよな。元の世界の言葉じゃないってことはわかるのに、言葉に不自由しない。

読めるが、ちょっとなんていうか、言いづらかっただけだ。

「貸せ。読んでやる」

「いや、大丈夫。概《おおむ》ね理解した」

閉じようとしたところをひょい、と奪われる。

「あっ……」

「へえ……子供のうちにアルコールを飲むと――勃起《ぼっき》しなくなる」

ロイがはあ、とひとしきり驚いた声を上げている。

「人間ってのは、マジで難儀な生き物だな」

「はいはい。だからお酒は二十歳になってから、ってね」

「あと二年もあるじゃねえか。――可哀そうになあ」

全然。飲んだことないし羨《うらや》ましいとも思わないが。

「ロイ様はいつから飲んでるの？」

「鬼にそんな心配はいらねえからな。覚えてねえ。水の代わりに飲んでる」

ジュースとか飲まないもんな。

「まあ、酒はだめだな。脳が壊れるのは困る」

そうだね。

そう言おうとしてすっと俺のそこに、ロイの手が置かれてぎょっとする。

「ここが勃たなくなっても、俺が気持ちよくしてやるけどな」

「――っ」

抗議の声を上げようとした口を塞《ふさ》がれる。

舌を絡められて、ちょっとしただけでロイは離れて行った。

「——っちょっと、今の……！」

はあはあと息を乱しながら必死で文句を言おうとしたが、ちゅっと頬にキスされた。

「わりぃ、つい、な」

いい加減にしろよ。

「お前のふにゃふにゃのここも好きなんだよな。柔らかくて、可愛くてたまんねぇ」

もう喋《しゃべ》るな。

変態のスイッチが入ってしまった。

「自分の触ってたらいいじゃん」

「俺のはこんなに柔らかくないんだ」

触るか？　と聞かれて、無視する。

しばらく沈黙が流れた。

ロイは本を片付けながら思い出したように言った。

「リン、アイスは一日一回までな」

「えっ、ええっ!?　これから暑くなるのに？　アイスが一番おいしい季節なのに？」

「胃腸が弱くなるって書いてあったぞ」

俺は言葉を失った。

夏バテかな、と言った手前、押し切ることもできない。

その俺の顔を見てロイの方が驚いていた。

「そこまで悲しむことか」

「だって……俺、じゃあ、何を楽しみに……」

「わかったよ。一日二回な」

意外とあっさり譲ってくれた。

これはもう一押しすればいけるんじゃないか。

「三回はだめだぞ。二回だ」

「…………」

考えを読まれていたようだ。悔しい。

気持ちを察するのが下手だってカーターは言ってたけど、最近ロイは俺の考えてることを読むのがものすごく上達したと思う。

怖いくらいだ。

「元気になったら三回にしてやるから。な？」

「うん……」

元気に、なれるのかな。

俺は漠然と感じる胸のざわつきを考えないように、ロイにしがみついた。

＊＊＊

——ロイの決断——


しん、と静まりかえった屋敷にず、ずず、と奇妙な足音が響く。

時刻は深夜三時頃。格式ばらないヴェルデ侯爵家の屋敷では、夜働いている者はいない。

ロイは自分の身は自分で守るし、用事があっても夜は各自で処理するのが通例だ。

そんな夜の屋敷に出歩く者は不審者か、酔っぱらった使用人くらいだった。

だがここ最近は、毎日のように歩く影がある。

足取りがおぼつかず、ふらふらしている。

小柄な体が今にも倒れそうで、見ているだけでひやひやする。

黒い髪が歩く度にさやさやと揺れる。月明かりに照らされた肌は透き通りそうなほど白く、虚《うつ》ろな黒い瞳《ひとみ》は何も映していない。

その頼りなげな表情のせいもあって、この世のものではないような雰囲気があった。

まだあどけなさの残る容貌《ようぼう》は、美貌《びぼう》というにはあまりに儚《はかな》い。手を伸ばしてしまいたくなるものの、触れたら壊れそうにも思える。

数歩離れた背後から、足音も立てず、ロイが気配を消して後をつけているのは、リンだった。

眉間《みけん》に刻み込んだような深い皺《しわ》を寄せ、リンの危険を些細《ささい》なものでも決して見逃すまいと、瞬《まばた》きをしているのかすら怪しい。

リンが階段の方へ向かって進んでいるのを見て、ロイは舌打ちしたいのをすんでのところでこらえ、小走りに追いかけた。

階段でぐらりと体が傾く。

それをふわりと受け止め、抱き上げる。

力が入っていないから、首がぐらりと変に曲がる。天を仰ぐようにリンの首が倒れた。

できる限りそっと、階段の下まで運び、下ろしてやる。

リンの目はすっかり涙で濡《ぬ》れていた。

それを拭《ぬぐ》いたくて、ロイは耐えるようにぐっと拳《こぶし》を握りしめた。

下ろしたらすぐ離れなくては。そう思ったのに、涙を見て一瞬遅れたせいで、リンがロイの存在を認識したようだった。

「――――っひ」

リンが体を丸めてその場に倒れ込む。

「リ……」

名を呼ぼうとして、どうしたものかと逡巡《しゅんじゅん》する。

呼べば更に混乱させて、泣き叫ばれたこともある。

大丈夫だ、と抱きしめてやりたいのに。

今のリンは、ロイのことをわかっていない。

目が虚ろなまま、がたがたと震えている。

離れるべきか、揺すって起こすべきか。

いや、医者からは、こうなったら無理に起こすのが一番よくないと言われている。

リンが震えすぎて、歯がカチカチと鳴っている。

耳を澄ますと、ぶつぶつと何やら呟《つぶや》いている。

「ごめんなさい、ごめんなさい、ごめんなさい……」

リンのか細く消えそうな声が、呪文のように続いていた。

「許してください。許して。お願いします、何でもします。許してください」

繰り返す呪いのような言葉の羅列。

ロイはたまらなくなってリンの体を抱きしめた。

あまりに軽いリンの体は、起きている時と違って緊張で固まっていた。

初めて会った時よりもひどく震え固くなった体。

何とかして安心させたくて、ロイはゆっくりと背中をさする。

「リン。大丈夫だ。誰もお前を傷つけない。よしよし、リン。怖くない。こわくない……」

「いや……いや……痛い、いた、いたい……う、ううう……」

震えは更に激しくなり、リンの体は痙攣《けいれん》するように震えだした。

リンは首輪を押さえ、口から唾液《だえき》をこぼしながら白目をむきそうになっている。

「ああ……くそっ。リン、リン……頼む、俺を見てくれ。リン……」

リンはもう言葉を出すこともできずにいる。

自分がこれほど無力に感じたのは、生まれて初めてだ。

『眠れ《コーマ》』

カクン、とリンの体が傾く。一気に脱力してその場にへたり込むリンをそっと抱き上げ、ロイは注意深く、寝室へと戻った。

奥歯を噛《か》み締《し》めすぎて顎《あご》が鈍く痛むほどだった。


魔力で昏睡《こんすい》させたリンは寝息も静かすぎるほど、死んだように眠っている。

ベッドに横たわらせ、その手を握っても何の反応もない。

涙の跡をそっと拭ってやって、また最近痩《や》せてきた頬を撫《な》でる。

「やはり殺しておけばよかった」

――いや。

こうなったきっかけは明らかにウーディブではあったが、リンの心内の傷は、もっとずっと前からあったものだ。

それに全く気づかず、ただの奴隷として扱っていたのは自分だ。

いつかはこうなったのかもしれない。

全神経を集中してみれば、リンの思っていることはいくらでもわかる。

喜んでいる、悲しんでいる、恥ずかしがっている。顔がそれぞれ違う。声の高さも。

それがわかって思い返せば、ここへ来たばかりのリンに、自分がどれほど無神経に接していたことか。

ウーディブの言う通りだ。

心通わせてなどいなかった。俺の大切にする、というのは、あくまで俺の所有物に対する庇護《ひご》でしかなかった。リンはそれをわかっていたんだ。

だから、ウーディブのことを話さなかった。

こうして夜な夜な無意識に徘徊《はいかい》し、何かを探している。

俺ではない、何かを。

それが何かはわからないが、一つだけはっきりしていることがある。

ロイはリンの首にある重厚な首輪にそっと触れた。

掻《か》きむしったり引っ張ったりで、首はいつも痛々しく腫《は》れている。

幸いなことに指輪のおかげで朝には治癒しているが。

「――ご主人様」

ノックもなく入ってきたのはアインだった。

「アイン。起こしたか」

「今日は少し、騒がしかったですね」

静かにしても起きているのだろう。

アインは寝衣ではなく一応簡易の服を着ていた。いつでも何かあれば対応できるようにしていたのかもしれない。

「眠らせたのですか」

「ああ……今日はもう、それしかなかった」

昏倒《こんとう》させる魔法はそれなりに負荷が大きい。

加減を間違えると体の機能も止めてしまうから、あまり頻繁に使うものではない。

弱々しい呼吸をして眠っているリンを、二人でしばらく見つめていた。

「首輪を……外そうと思う」

ぼそりとロイが呟く。

「よろしいのですか」

「――どういう意味だ」

「首輪を外すということは、所有をなくすということです」

それの何が問題なんだ、そう言いたかったが、アインに言われると複雑な気持ちになった。

「お前がそうやって反対すると、たいていその通りになるんだよな」

何を予想しているのかわからないが、感情の機微に敏感な分、察するものがあるんだろう。

「だが……リンがこの首輪の呪文を怖れているのは確かだ」

ロイが発動させないというのは、頭ではちゃんとわかっているんだろう。その信頼はロイにとっても嬉《うれ》しい。だが、散々痛めつけられた過去があるのだから、根っこのところの感情では、この忌まわしい首輪が恐ろしくないわけがない。

「念のため言っておきますが、この首輪は所有を表す他にも、逃走防止・自死防止が付与されていますから」

わかっている。逃げ出されたら、見つけられなくなる。

――だが、起きている時のリンは少なくとも俺に心を許していると思う。毎晩、暑くなっても必死でくっついて寝ようとしているのは、俺の腕の中でなら眠れるからだと、自惚《うぬぼ》れてもいいんじゃないだろうか。

ここから出て、一人で生きていけないのはリンも十分わかっているだろうし。

ヴェルデでしっかりと傷を癒し、守られながら過ごすのがいいと思っているはずだ。

「ついでに奴隷登録も外しておいてくれ。ヴェルデの領地民として籍を用意しておけばいいだろう」

「承知いたしました」

アインは静かにそう言って出て行った。

ロイはそっと首輪に手を伸ばし、解呪の呪文を唱えた。

＊＊＊

いつもの気怠い朝が来た。

今日も太陽が高くなってからやっと目が覚める。

なかなかすっきりしない頭で、今日は何をしようかな、と考える。

上体を起こして、しばらくぼうっとして……。

いつもと、何かが違う。

「起きたか」

ロイが少し離れたところに座っていた。紅茶を飲みながら、読書をしているようだ。

「今日は、おやすみ？」

「ああ」

執務室へ行かずここでゆっくりするのは、ロイが休みの日だ。

ロイは俺の方へ歩いてきて、そっと首筋に触れた。

「――――っ！」

「気分はどうだ？」

「これ……」

首輪が、なくなってる。

なんで？

俺の顔を見てロイがふっと笑った。

「これがあると、嫌な気分になるだろ？」

だからって……え？

そんな簡単に、外せるものなのか？

俺は六年間ずっとあった首輪のところを触った。

「どうだ？」

「すーすーする……」

「っは、感想がそれか！」

ロイはおかしそうに笑って、少し悲しそうな顔になった。

「もっと早く外してやればよかったな」

どういう意味なんだろう。

わからない。

首輪を外すってことは、奴隷を解放するっていう意味だ。

「俺はもう、いらないってこと……？」

「なんでそうなる。そんなわけねえだろ」

ロイがすっと首筋の傷跡を撫でた。

「お前にいなくなられたら、困る」

くしゃ、とロイは俺の髪を乱暴に撫でた。

「とにかく、お前ここのところ調子悪いだろ？　ちょっとでも身軽な方がいいと思っただけだ。奴隷登録は外した。ヴェルデ領民としての籍に入れてある」

赤い瞳《ひとみ》が、優しげに微笑《ほほえ》む。

「――もうお前を傷つける者はない。だから、ゆっくり休め」

呆《ほう》けている俺に、ロイは重ねた。

「誰もお前を傷つけないからな」

念を押すように言われて、頷《うなず》く。

わかってるよ。この屋敷の人達は俺を傷つけないって。

あ、ロイは別だったけど。

「朝飯、食うか。何がいい？」

「おにぎり」

ロイは待ってろ、と言って部屋を出て行った。

ロイがおにぎりを持ってきてくれるらしい。

俺は一人残された部屋で、ずっと首を触っていた。


首輪がなくなっただけだというのに、急に疲れなくなった。

朝スッキリ起きれるようになって、夜中も一度も目が覚めない。

不思議だ。

俺はロイより早く目が覚めて、首を触って、ふわふわと嬉しい気分になって。思わずロイにぎゅうっとしがみついて——するとロイがうっすら目を開ける、という朝が続いた。

「あちぃな」

流石に夏も盛りになると、くっついて寝るのは暑い。魔力を流してるから体のどこかは触れてないといけないが、いつもの癖で俺はロイにしがみついて寝てしまう。

ロイもロイで、自分の体温が高いからか俺が冷たくて気持ちいいって言って、保冷剤代わりみたいに抱いて寝るから、起きる頃には二人とも汗びっしょりだったりする。

今日は特に暑かった。ロイの腕を掴《つか》もうとしても汗でぬるっと滑るくらいだ。

水風呂《みずぶろ》に入るかな。

そう考えて起き上がろうとして——ロイの手が放してくれない。

「ロイ様、はな——っひゃあ！」

背後から、べろりと首を舐《な》め上げられ、悲鳴が出る。

六年間あった首輪がなくなったせいでそこは妙に敏感になっている。

その首筋を、ロイはよく舐める。

特に以前自分がつけた傷跡を確かめるように舐めることもあった。

「しょっぺえ……」

「ちょ、それだめ——」

一舐めで終わりそうになくて俺は逃げようと体を伸ばすが、汗で滑る上に力で敵《かな》うはずもなく。

ロイは無防備になった俺の後頸部《こうけいぶ》を大口で咥《くわ》える。

「っひぃ、あ、それ、や、や、ぁ！」

牙《きば》は肌を破ってはいない。それでも、ロイの大きな口は、俺の首の後ろほとんどをすっぽりと咥えこんでしまう。

そんな、親犬が子犬を運ぶときみたいな。

ここを咥えると子犬は動きを止めるって聞いたことがあるけど。

俺も、なんか恐くて。急所を咥えられてるってだけで、指先がびりびりと痺《しび》れるような気がして、カクカクと固まった。問題なのは怖いだけじゃなく……。

牙がうっすら当たっているのが、ちょうど傷のあたりで。そこからずんずんと鈍い快感を拾っていく。

間違いなく、ロイが口を閉じるだけで、一瞬で俺は首を砕かれ息絶えるだろう。

「はぁ……はっ……」

そう思うと、呼吸が荒く、どんどん興奮していく。

死が間近に迫った妙な高揚感に包まれ、全身の体温が一気に上昇した。

そのまま噛《か》み切《き》って——そう叫びそうになった時。

ロイがべろりとそこを舐め離れた。

俺はいつの間にか四《よ》つん這《ば》いになっていて、首が濡《ぬ》れてすーすーする感触に、はっと我に返る。

なんだ今の。

強烈な一瞬の昂《たかぶ》りが信じられなくて、俺は首の後ろに手を伸ばす。傷一つついてない。

ずしり、とロイが背中にのしかかってきた。重いほどではないが、ちょっとした存在感。

なんだ、と思ったら、ロイの手が器用にシャツのボタンを外していく。

「ロイ様、俺、自分で……」

着替えるから、と言いたかったが、俺ははたと止まった。

ロイの手が俺の股《また》の間にぐっと重ねられたから。

そっちか。そっちのために脱がしに来たのか。朝から？

よりによって、四つん這いになっていたせいで、無防備にもほどがあるだろって姿勢だ。上からロイがのしかかっているせいで前にも後ろにも身動きが取れない。

ロイの手はゆるゆると俺のまだ柔らかいそこを揉《も》み、感触を楽しむようにゆっくりと動いた。

「可愛いな、ここ。ふにゃふにゃで、柔らかくて。気持ちいい……」

「そ……や、やめ……」

もう片方の手がシャツの前を開け、肌《はだ》を堪能するようにするすると動く。時折胸の突起をいたずらに弄っては離れて行く。俺はすぐに力が入らなくなって、シーツを握りしめるしかできなかった。

ロイは俺のズボンを降ろし、服を脱がせて、自分の服もあっという間に取り去った。

再び体を密着されると、お互いの汗で濡れた感触が、いつもと少し違って感じる。

ロイの息もいつもより荒くて、耳にかかる息がくすっぐたくてそれだけでも前に熱を集めそうになる。

ロイのものはもう完全に勃ち上がっていて、俺の尻《しり》の割れ目に沿わせてる。

「あっ……」

胸をつままれびりりと痺れる快感に体を跳ねさせると、ロイが覆いかぶさったまま、耳を舐めた。

敏感なそこを舐められる感覚と、舌が動く度に聞こえる耳の中での卑猥《ひわい》な音が、ずぷ、ぬちゃ、と鳴る度にたまらなく興奮してしまう。

「やっ……は、あぁ――んっ」

声も我慢できず漏れて、息も荒くなっていく。どんどん熱くなって、体中汗で濡れていた。

ロイが緩やかに腰を振る。ロイの屹立《きつりつ》したものは汗のぬめりだけでも十分ぬるぬると抵抗なく滑って動く。カリの部分が後ろの窄《すぼ》まりを通り過ぎる度、たったそれだけの刺激できゅっと締めてしまうのが自分でわかった。

乳首への刺激とペニスへの刺激を同じような動きでされて、両方が繋《つな》がっているような電流のような快感が走る。

「ああ……リン、わかるか？　ここ、通る度……俺を誘ってる」

はあはあと息も荒くしながら耳元でささやかれ、俺は耐えきれなくなって首を振った。

「も、はや……く、いれ、て……」

言い終わると同時くらいに、ずず、ずず、とロイの剛直が後ろに入ってきた。

性急に押し広げて入って来るものの、すっかり濡れたそこはさして抵抗もなく迎え入れていた。

ぐっと奥まで挿入《はい》ってから、ロイはふう、と息を吐いた。

どうして動かないんだ、と思いながらも、まずは入ってきた圧迫感に俺も息を整えるのに必死だ。

背中の上の方が、ざわざわと鳥肌が立つようになる。

ロイは体を屈め、その側の首筋を再び咥えこんだ。

「っは、あ、ああぁぁぁぁぁ!!」

突然の快感に目の前に星が飛ぶ。

ぎゅう、と後ろを締め付けながら、俺は、首を噛まれただけで達した。それも、強烈に。

息をするのも忘れそうで、必死で息をする。

「はあっ、はっ、はっ……あ、ああ……」

四つん這いのまま、動くこともできず、シーツを握りしめた自分の手を見下ろしていた。

首をがっちりと咥えられ牙が当たっている。

今にもそこに力を入れて、一瞬で殺されるような恐怖感に——脳がエラーを起こしてるんじゃないか。

死ぬ前に大量の興奮物質を放出するように、体より何より、まず脳から先に快感に支配されていく感覚。

「あ、ゎう、う、ふぅあああんっ!」

ものすごい興奮と快感。体中どこを触られても敏感になって達しそうになる。

連続でいき続けて、苦しい。体はびくびくと痙攣《けいれん》して、ロイは動いていないのに俺の後ろがうねって、早く出せと言っているようにうごめく。

「はっ……う、っく……リン……」

あまりに締めすぎたのか。ロイがようやく首から口を離し、苦しげな声を出した。

「もたねえ……リン……よすぎるっ」

「あ、ああ……あつ、い、あつ、いぃぃぃ――！」

もう訳がわからなくなって、俺自身も腰を振っていたかもしれない。頭が焼き切れそうな快感に支配されて、ただそれを追い求めるように体が動くのを止められなかった。

ロイのものが後ろに放たれ、俺もまたそれに押し出されるようにして再び精を放った。


「――首は、だめだ」

その日の夕方。

俺はロイにぼそりと呟《つぶや》いた。

今朝のが激しすぎて、夕方まで指一本動かせなかった。

「だめか？」

あの後、汗なのか精なのか、あらゆるものに塗れべたべたになった俺達は、水風呂に入った。

ロイは俺を洗って支度を手伝った上に、そのまま仕事に出かけて行った。

そして、夕方いつもの顔で寝室に戻ってきたのだった。

だめか、じゃないだろ。見てみろよこの惨状を。

「なんか変。――変じゃなかった？」

あの感じ方は異常だ。

「いや？　可愛かった」

やめろ。

聞いた俺が良くなかったが。そういう回答を求めてない。

「頭が馬鹿になった」

絶対、最後の方の俺はおかしかった。

「じゃあ、時々だな。あれは」

いや、なんでそうなる。

もう一度説得しようと思って見たら、ロイが見覚えのある包みを俺に手渡してきた。

「ずっと渡すタイミングが……。遅くなって、悪かったな」

「これ……」

ウーディブが持ってきた、渡り人の持ち物っていうやつだ。

すっかり忘れていた。

俺はベッドから足を下ろして、包みを開ける。

「――――っ!!」

包みから出てきたのは、間違いなく俺のものだった。

青い手のひらサイズのカバーの冊子に、『グリーン陸上クラブ』と書いてある。

俺の陸上クラブの鞄《かばん》にいつも入ってた、クラブの出席簿だ。

懐かしい。この冊子の感触。もう二年近く使ってるから、ぼろぼろになっている。この端っこの、はげてるところも。

ぱらぱらとめくると、あの時のまま。二月の出席のハンコが途中で止まっている。タイムの記録も。

俺はゆっくりと深呼吸して、そっとカバーを外してみた。

「あっ…………」

あった。

小学生の時、地方の大会で入賞して。家族がみんなで見に来てくれて撮った写真。

お母さんにわざわざプリントして渡されたけど、恥ずかしくて飾ることはしなくて。でも実はすごく嬉《うれ》しくて、このカバー裏に隠しておいた。

写真を持つ手が震える。

全然色あせてない、綺麗《きれい》なままの写真だった。

そっとお母さんの顔に触れてみる。無機質な写真の感触しかしない。わかっているけど、必死で触れれば、何かもっと、少しでも思い出せるんじゃないかと思って……。

「お母さん……」

言ってみて、応えてくれる声なんてないとわかっているのに。忘れかけていたお母さんの声がふと思い出された。

『凜都、行ってらっしゃい！　忘れ物ない？　お茶入ってる？』

あの日もそう言って送り出してくれた。俺はなんて返事したっけ。

「ふっ……う……ううう――」

嗚咽《おえつ》が、我慢したくても、次から次へと漏れ出てきた。

涙で写真を汚したくなくて、俺は写真を頭の上に持ち上げ、袖《そで》で涙を拭《ふ》いた。

それでも止まらなくて、次から次へと溢《あふ》れてくる。

「う、うう、うえ……」

写真が見たいのに。もうだめだ。

俺はもうどうしようもなくなって、顔を覆った。

ロイがそっと写真を取って、俺を抱きしめた。

「我慢するな。いっぱい泣け」

「うっ……うあ、あ、ああああ――」

俺は子供みたいに泣き叫んだ。


泣きすぎて、頭と鼻がすーすーする。

散々泣いたのにその辺が痛くないのは指輪の効果なのかもしれない。

すっかり手になじんだこの指輪は、虚弱な俺にとって本当になくてはならない存在になってる。

あたりはすっかり暗くなっていた。

落ち着いてきてから、ロイは俺を膝《ひざ》に乗せながら写真を覗《のぞ》き込んだ。

「すげえ……再現魔法を紙に映し出したような。異世界の技術か」

そう言って、写真に保存魔法をかけてくれた。これで五十年は保たれるということだ。

「ありがとう」

俺がようやく声を出せたので、ロイも少しほっとしたような息を吐いて、そっと頭を撫《な》でてくれた。

「良かったな。手元に戻ってきて。他のものも何かないか、探しておく」

「いいよ。これだけで、十分」

「――家族か？」

俺は写真を見ながら頷《うなず》く。

「お父さん、お母さん、お姉ちゃん」

「リンは母親似だな。姉は父親に似てる」

「うん、よく言われる」

「美人だ」

そう言ってちゅ、と目尻《めじり》のあたりにキスされる。――ん？　美人は俺のことか？

「しかし……やばいな、これ」

「――は？」

「複製魔法を探してみよう。この、六年前のリン……可愛すぎる」

はあ、と熱い息が首にかかる。

「子供好きだったんだな」

「いや、全然。――だがこのリンの幼い顔見るだけで、三回は抜ける」

俺は一瞬固まった。

何言ってんだこいつ。小学生男子だぞ？

俺は写真をそのまま引き出しにしまった。

ロイのふざけた発言のおかげでいつまでも感傷に浸らずに済んだ。


泣きすぎて食欲もなかったが、ロイに抱えられて無理矢理食堂へ向かった。

泣き腫《は》らした顔だったからみんなに心配される。中にはロイにあからさまに批難の目を向ける奴もいた。

「リン！」

声をかけて隣に座ったのはリューエンだ。

あのウーディブとのことを側で見ていたせいか、あれから甘やかしに拍車がかかってしまった気がする。

親戚《しんせき》のおじさんから、孫溺愛《できあい》のおじいちゃんみたいになった。

「また王都行ってきたんだ、これ――っおい、その顔！」

「……そんなひどいかな」

「いや、大丈夫だ。可愛い。いつも通り可愛い」

そんなことは聞いてない。

「――ロイ様。あんたなんてことを」

「俺じゃねえよ」

「こんな顔させてる時点で同じだろうが！」

唾《つば》が飛びそうな剣幕でロイに捲《まく》し立《た》てると、リューエンはくるっと俺の方を見て心配そうな顔になる。

切り替え早すぎてちょっと怖い。

「リン、つらいことがあったら俺のとこに来いよ？」

「大丈夫だよ、ありがとう」

「っかぁー、健気《けなげ》！　――なあ、王都で今流行ってる菓子らしいんだ、これ」

そう言って箱を渡してくれる。

定期的に王都へ出掛けて行っては、お土産を買ってきてくれる。しかもいつもセンスがいいところがリューエンのすごいところだ。流石は騎士団長だ。

「開けていい？」

「ああ。えっとな、名前が……」

そう言ってリューエンは懐からしわくちゃになった紙切れを出してきた。殴り書きしたそれは、どうやら菓子の名前らしい。

「フェ……フュ……、ナ……だああ、くそ！　なんだこれ！」

ガン、とメモ用紙を持つ拳《こぶし》ごと机に叩《たた》きつける。

すごい短気だな。

俺はそれを覗き込んだ。なかなかの豪快な癖字。

「フィ……？　あ、わかった。フィナンシェ」

おしゃれなお菓子だ。

俺は箱を開けて、うわあ、と歓声を上げた。バターの香りがふわりと広がり、しかも半分チョコがかかってる。

「チョコレート！　あったんだ、この世界にも！」

俺はそっと蓋《ふた》を閉じた。

「どうしよう。勿体《もったい》無くて食べられない」

「どういう意味だ？　せっかくなんだから食ってくれよ」

リューエンが気に入らないか？　と心配するので俺は慌てて首を振った。

「すごい。本当に嬉しい。ありがとう、リューエンさん。俺チョコレートなんてすごく久しぶり！感動だよ」

「チョコレート？　が好きだったのか？　あの茶色いやつだろ？　よしよし、今度はそれを買ってきてやろうな」

リューエンは琥珀色《こはくいろ》の目を細め、眉《まゆ》をハの字にして俺の頭を撫でた。

「一年分でも買ってやるよ」

「破産するぞ」

ロイがむっとして横槍《よこやり》を入れる。

そうか、チョコレートは高価なんだ。

「そうだよね……これも、高かったよね。リューエンさん、無理しないでね」

「っくぅ……」

リューエンはでかい体を折り曲げて、パチン、と手のひらで顔を覆った。

「俺はこのために働いている！」

急に宣言した。

「おい。俺の前でなんてこと言うんだ」

だよな。騎士って、家とか主人とかに忠誠を尽くすって誓うはず。

チョコのために働いたらだめだと思う。

「チョコレートなら俺がリンに食べさせる」

「ロイ様はアイスの時俺に譲ってくれなかっただろ。チョコレートの権利は俺のだ！」

「お前より俺の方が多く用意できる」

「俺には騎士団員がいる！」

リューエンは譲らなかった。

声がでかいからみんな聞いてる。

ガタガタガタ、とあちこちの鬼が立ち上がった。

でかい鬼達の中でも、更に一際屈強な男達。——騎士団員達だ。

「おう！」

胸を叩いて同意を表す。

熱いな。

ロイもロイで、苦い顔して黙り込んでいた。

いいのか？　リューエンが職権濫用してるじゃん。

騎士団の上にいるもんじゃないのか？　侯爵って。

よくわからない。

俺は本当に無理しないでね、と小さな声で何とか言ってから、あとは食事に集中した。

申し訳ない気持ちもあるけど。

でもこんなにたくさんの人が、俺のためにしてくれるっていうのが、たまらなく嬉しい。

自然と口元が緩んでる。

ふとロイを見ると、俺を見てこっちもニヤニヤしていた。

なんだよ。

俺はスープ皿を傾けて顔を隠した。

久しぶりに夢を見た。

元の世界の夢だった。

大好きな陸上クラブのユニフォームを着てた。

あ、大会だ。

姉ちゃんまで来てくれて。びっくりしたんだ……。

コーチに写真を撮ってもらって。みんな笑ってる。

すごいな凛都、お前はすごい、ってみんな褒めてくれた。

——目が覚めて、見慣れた天井をじっと見つめた。

久しぶりの前の世界の夢だったけど。以前ほどつらくなくなっている。

ここにも、居場所ができたからかな。

すっかり慣れた硬い枕の主を見上げる。

まだ朝方だけど、夏だからもうすっかり明るい。ロイはうっすらと目を開けて俺を見た。

「起きたのか」

「うん、おはよう」

ちゅ、と唇に口づけを落とされる。

ぎゅっと抱きしめられ、トントンとあやすように叩かれる。ロイは微睡むとよく俺をこうして叩くんだ。子供扱いされてるようだけど、心地いいのでされるままにしている。

ロイがでかいので、手の場所は尻《しり》のあたりにくる。次第に叩く手がゆるゆると揉《も》むような動きになったところで、俺はロイの体を押しのけた。

「起きて。暑い」

朝から盛られても困る。

今日はあっさりと離れてくれた。

また、いつもの日常が始まる。

元気が出ると、色々と活動を開始したくなるもので。

俺は屋敷の散歩も再開した。午前と午後の訓練場での運動も再開した。

テラスでの日光浴は暑いからしていないが、代わりに建物横の日陰にある苔《こけ》の庭園の一角で涼むのが日課になった。苔がびっしりと岩の上に生えそろっている緑は、見ているだけで涼しくなるし、触っても冷たくて気持ちいい。

苔の中の雑草を取るのが大変、ということでローエンと一緒に草むしりをしたりもした。

そんな充実した毎日。一方で、ふと、よぎる思いがあった。

——今ならできるんじゃないか。


考え始めたら、もう、その思いばかりぐるぐると頭の中で回り続けている。

暇があればその方法ばかり考えていたりする。


今の俺ならできる。

表はだめだ。人が多いし、見張りもいる。塀で囲まれて、門を出ることもできない。

裏庭ならどうだろう。

鬱蒼《うっそう》と茂る裏庭の森の方へ進めば、山がある。きっと危険な場所もいっぱいあるだろう。


俺はついつい裏山の方を眺めるようになっていた。

今までにない体調の良さが、この思いを変に後押ししてくれている気がした。

妙な高揚感と共に何もなくなった首筋に触れる。

——今なら、死ねる。


朝食をいつも通り食べて、ロイを執務室に見送って。

俺は寝室に一度戻って、写真を取りだした。それを懐にしまって、深呼吸する。

——よし、行こう。

何かに駆られるように、足はどんどん速くなっていった。

胸がどきどきと高鳴るのは決して嫌な感じではなく、力を漲《みなぎ》らせてくれるように感じる。

いつものように屋敷を出て、ぐるりと、今日は訓練場とは反対の方へ回る。人気がなくなったあたりから、少し小走りになって。誰もいない道を探しながら、とうとう俺は走り出した。

森の中に入ってしまえば、もう人はいない。

一気にあたりが暗くなる。

俺は息が切れて足が動かなくなるまで森の中を走った。

「はあっ……はあっ……」

息を整える、自分の呼吸の音だけが聞こえる。

虫も鳴いていない静かな森だ。

誰も立ち入らないのだろう。草は膝《ひざ》や腰の高さまで生い茂っている。チクチクするけど、特に気にはならなかった。

そのまま奥へ、奥へと歩き始める。

木ばかりで全然開けない森。二時間くらいは歩いただろうか。

お昼ご飯までにやらないと、と少し焦る気持ちが出てきた。お昼ご飯に俺がいなかったらみんなが探し始めるだろうから。

ようやく少し開けた場所に出た。

川だ。森の中にちょろちょろと川が流れている。綺麗《きれい》な清流のようだった。

喉《のど》が渇いていたので、俺はその水を飲んだ。

向こう岸に渡るか、右手側は上りになっている。屋敷から遠くに見えていた山まで来たんだろうか。

俺は川に沿って山を登ることにした。

斜面はかなり急だった。

両手両足でしがみつくようにしてよじ登っていく。

川沿いなので滑るが、何とか岩を掴《つか》み、枝を掴んでよじ登っていった。

ちゃんとしないと。これだけはやり遂げないと。

何かに駆り立てられ、焦りながら、俺は必死で手足を動かした。

汗が目に入って前が見えにくくなる。喉がからからになって何度も咳《せ》き込みながら。

登り切って、後ろを振り返ってみると、かなりの高さを登ったようだった。

できた。

俺でも、ここまで来られた。

達成感に勇気をもらって、一つ伸びをした。

先にはまた森が広がっている。その少し向こうに滝の音がして、俺は走った。

長い長い、今日までの道のりの終わりがすぐそこにあるように思う。

木々が減って明るくなった場所は、俺を誘っているようだった。

ここだ。

ここが、俺の最期にぴったりの場所だ。

そんな確信があった。

キラキラと光って落ちていく滝と、ものすごい水量のしぶきでその先が見えない。

嬉《うれ》しくなって俺は笑ったかもしれない。

深呼吸して、胸に入れている写真を服の上から触った。

やっとだよ。六年間、ずっと……。

ここは最悪な世界だった。

すっかり足に馴染《なじ》んだ、柔らかい靴を見下ろして、一瞬ロイの顔がよぎる。

――靴は履いて行こう。

俺は地面を蹴《け》って、爆音を轟《とどろ》かせる滝に飛び込んだ。


ふわふわ、漂っているような感覚。

心地よくてずっと身を委ねていたくなる。

あたたかくて、やわらかくて、きもちいい……。

そっと目を開けて――。

急激に体の重さを自覚した。

――夢？

あの心地よさは夢だったんだろうか。

全身が鉛のように重い。試しに手を上げてみても、ふらふらと支えられずに、またぱたん、と腕を落としてしまう。

「リン」

そっと、闇に落ちるような声が聞こえた。ロイの声だった。

何度か瞬きをして、ロイが俺を見下ろしているのがわかった。見慣れた赤い眼だけが光っている。

俺はロイに抱かれていた。

暗くて何も見えないけど、間近にあるロイの顔と、抱かれているいつもの温かい感触でわかった。

なんだっけ。

俺、どうしたんだっけ……。

「眠れ、リン」

そう言ってロイは俺の目を手で覆った。

「ゆっくり、眠れ」

しー、とロイが耳元でささやく。俺はまた引き込まれるようにして眠りに落ちた。


夢うつつの状態を数日過ごし、徐々に意識がはっきりとしてきて。

俺は絶望と共に悟った。

失敗したんだ、と。

見知らぬ場所にいた。

木造の建物の中だ。

木目の床と壁。木の香りのする室内だった。

さほど広くない一部屋の中に、小さなベッドと、机と椅子二つ。それだけで、他には何もない部屋。

この部屋で、俺とロイは数日暮らしている。

ロイは何も語らなかった。俺も何を言っていいかわからなくて、出された食事を食べて、着替えさせられ、体を拭《ふ》かれ。あとはずっと寝てる。

夜はこの小さなベッドでロイに抱きしめられて、また眠る。

必要以上に接触してこないロイが、なんだかすごく……。

毎食後、ちょっと変な味のする薬を飲まされる。それを飲むとずっとうとうとして、寝ることが多かった。

そうして数日を過ごし、初めて部屋に知らない人が来た。

知らない人と言っていいのか。その人は薄緑の長い髪を緩く後ろに結って、ものすごく白い肌の、耳のとがった人だった。

俺に手を翳《かざ》して、そっと胸の上に手を当てて、目を閉じてしばらく何かを調べているみたいだった。

「大丈夫そうですね。もう心配いりませんよ」

お医者さんかな、と不思議そうに見ると、その性別不詳な綺麗な人はふわりと笑った。

「はじめまして、ですね。異世界からの方」

「あ、はい……」

「私はエルフです」

エルフ。森の中で、自然と精霊と共に暮らす少数民族。

「俺を助けてくれたのが……？」

それなら、お礼を言わなくては。

たとえ不本意だったとしても。

そのエルフは少し困ったようにふっと笑った。

「肺の水は抜けました。炎症もないですし、もう帰ってもいいですよ」

「肺の水……」

「そちらの鬼の主が、貴方をここへ運んだんですよ。もうほとんど死んでいたので、エルフの精霊術でなければ救えなかったでしょう」

俺は、すんでのところで、見つかったということだろうか。そして死にかけていたところを助けられた。

「肺を満たしていた水を抜き、消えかけていた命の灯《ともしび》に再び火をつけたのです。治療ではなく、蘇生《そせい》に当たるものです。――我々でなければ助けられないとわかっていたから、ここに来たんでしょう」

ロイを見ると、ロイは黙って頷《うなず》いた。

エルフは俺の手をそっと取って、優しく握った。

この世のものとは思えない美貌《びぼう》で、深い緑色の目がじっと見つめてくる。

「異世界からの方。貴方が望むのなら、このエルフの森で自然と共に生きてもいいのですよ」

「え………」

突然の申し出だった。

「野蛮な鬼のところより、よほど自由で美しいこの森で」

「勝手を言うな」

ロイがむっとして言い放った。

「お前に頼んだのは蘇生までだ」

エルフはちらりとロイを見上げてふん、と鼻で笑う。

「この子はそれを望んでいなかったというのに。――ほら、見なさい。試みが失敗に終わり、どれほど落胆しているか」

ロイと視線がぶつかり、俺は耐えられなくなって目を逸らした。

「ごめんなさい……」

「何を謝る」

「勝手をして、ごめんなさい」

「勝手をした？」

ロイがため息をついた。

怒っているのか、呆《あき》れているのか。わからない。けれど、今まで見たこともないほど冷たく感じるのは間違いなかった。

距離が遠い。

「全騎士で捜索していたら――お前は、息のない状態で川辺に流れ着いていたんだ」

そのまま放っておいて欲しかった。

「そのまま放っておいて欲しかったのに、ね」

エルフが代弁した。

「黙れ！」

「大きな声を出さないでください。これだから鬼は」

エルフはそっと俺の手を撫《な》でた。

「本来であれば祝福の中、大切にされるべき貴方が、今、これほどまでに心を傷つけられ追い詰められたのはなぜなのでしょう。――この鬼のせいですか?」

「違います」

俺はきっぱりと言った。

「ずっと……ごめんなさい。ずっと、死にたかったんです。首輪のせいでできなくて。やっと、って――」

ロイが眉間《みけん》を押さえて低く唸《うな》った。

「屋敷での生活も?　――苦痛だったのか」

「…………」

そうじゃないけど。

「俺と生きていくのは、嫌だったのか?」

ロイが絞り出すような声で言った。

責められてるわけじゃないけど、追い詰められたような気分になる。

だって。

違うじゃないか……。

「俺は……」

なんて言っていいかわからず、口を開くだけで止まった。

急《せ》かす人もいなくて、二人とも俺の言葉を黙って待っている。

「――俺は、望んであそこにいたんじゃない。他に選択肢なんてなかった。どうして俺が望んで、ロイ様のところにいたって思うの？」

奴隷として買ったんじゃないか。性奴隷として。

俺の合意なんて皆無だった。

「俺にも十二までは人並みの生活があった。やりたいこともあった」

将来の夢は、鬼のペットなんかじゃなかった。

買い取ったから当然だと言うかのように。

手の中でのみ許される。箱庭の中での生活。

優しくされたって、生きてないのと同じ。

「俺からしたら、今まであそこも、結局は同じだ」

一度話し出すと、なぜか止まらなかった。これが自分の本心なのかもわからない。

「リン……」

「俺の名前は凛都だ」

みんなちゃんと、そう呼んでくれてた。前の世界では。

誰も俺を踏みにじらなかった。

この世界では、俺は魔力なしの出来損ないで、何のためにこの世界に来たんだって言われた。

名前だって中途半端。

「六年間、誰も気にしなかった名前。全部なくなって、その上俺はここでは欠陥品なんだ。何もできない、消えてしまった方がいい存在なんだ。使い道なんて、せいぜい誰かの欲望の捌《は》け口にしかなれない。でも俺だって、まだ残ってたんだ。死に方を選ぶ力くらい、俺にだってある……」

失敗したけど。

誰も何も言わなくて、長い沈黙が流れる。

俺は不安になった。

そうして、ロイの方を見て――はっとした。

宝石みたいな赤い眼から、涙が流れていた。

――あ、だめだ。

一気に頭が冷えていくのを感じた。

違う。

俺……間違えた。

半ば無我夢中で、ロイの方へ寄って、顔に手を伸ばした。

ロイはらしくもなく、ただ黙ってじっとしていた。

口を引き結んで、眉《まゆ》を寄せて、耐えるように目を閉じた。

つ、とまた涙が落ちる。

「俺は、お前を苦しめていたのか」

か細い声だった。

「心通わせ合っていると、勝手に思っていた。お前の気持ちが読めるようになったと。――とんだ傲《ごう》慢《まん》だった。俺は、何もわかっていなかった」

ロイが目を開けて、俺の頬を撫でた。今までになく弱々しく、遠慮がちに。

「だったら俺は……お前を手放さなくては……」

ふう、とゆっくりと、ロイが震えた息を吐いた。

それを聞いたら、胸が締め付けられるように痛くなって、思わず胸を押さえた。息が苦しくなる。

――わかっている。

ロイは俺のことを、本当の意味で愛しているんだ。

いつからか、俺がちょっと抵抗しただけで腕の力を緩めるようになった。

俺は、いつでもロイの腕から抜け出ることができたんだ。

そこを選んで留まっていたのは、俺の意思だ。

あの温かくて大きな腕の中を自分の居場所だと認めていた。

「ごめんなさい」

俺の声も震えていた。

「ひどいこと言った。あいつらと、ロイ様は違うのに」

なんであんなことを言ってしまったんだろう。

「全然違う」

俺は力いっぱいロイの体に抱きついた。

初めはそうだったかもしれないけど。

今は違う。

うまく言えないんだ。感じた怒りを、目の前のロイにぶつけてしまった。

「こんなこと言うつもりじゃ……」

「りん……凛都。――無理するな」

ロイは俺を抱きしめ返さなかった。

「お前が望むのなら、いずれ……考えていた。体力も戻って健康になれば、何か手に職をつけて、やりたいことをやれば……」

だから、領民の籍を用意したんだ、と。

「そうしていつか、俺のもとを離れたいというのなら……望むことは、なんでも叶《かな》えてやる。死ぬこと以外は。お前らしく生きていけるのなら、なんでもしてやる」

「俺がいなくて、ロイ様はどうするの」

「お前がいなくなれば、俺はどうせ狂ってしまう」

もう、言ってくれないんだ。

俺がどうしても必要だって。

自殺するくらいなら離れた方がいいって思ってるんだ。

――そうかもしれない。

よりによって自分で命を断つような人間。

俺は本当の出来損ないになってしまったんだ……。

「わかってないですね。まあ、多少発達しても、所詮《しょせん》鬼ですからね」

黙って聞いていたエルフが、やれやれ、と声を上げた。

「お前が必要なんだって言えないんですか？　この甲斐性《かいしょう》なし」

「は？　――部外者は黙ってろ」

「もどかしくて黙ってられませんね。凛君は、ずっと役立たずと言われて来たんですよ？　十二歳の子供に、信じられないことに」

エルフは美しい顔で俺に微笑《ほほえ》みかけた。

「凛君。――この鬼は、君なしでは生きていけないようですよ。もう少し、一緒にいてやってはどうでしょうか」

「でも、ロイ様は……」

窺うように見れば、ロイは力強く頷いた。

「俺は、お前がいい。お前じゃないともうだめだ。嫌なことはしない。約束する。――側にいて欲しい」

「俺……一緒に帰って、いいかな」

こんな、馬鹿な真似《まね》をした俺だけど。みんなに迷惑かけてしまった俺だけど。

当たり前だろ、と言うロイを遮ってエルフが俺の両手を取った。

「君は、自分の気持ちを、もう少し言葉にする練習が必要ですね」

いいですか、と念を押すように言われる。

「鬼は言わないとわからない、精神面を捨てて肉体に進化を全振りしてしまった、極めて残念な生き物です。そこは貴方が気遣ってやらないといけませんよ」

「おい」

「はい」

さて、とエルフは立ち上がった。

「あの、ありがとうございました」

この人がいなかったら、ロイとすれ違ったままだったかもしれない。

「いいんですよ。鬼の涙という大変貴重なものが見れましたからね。いやあ、長生きけしてみるものですね」

「鬼の涙……？」

「人の気持ちを考えない鬼に、本来涙はないんですよ。真実誰かを想《おも》い、愛を知って初めて生まれるものなので」

いつの間にかエルフの手には小瓶があり、そこには少しだけ水が入っている。

「貴重な涙をいただいたので、一本に負けておきましょう」

「一本？」

「蘇生《そせい》には精霊の力を膨大に使いますからね。いわばこの森の生命力。それを回復させるのに、その鬼の角をもらうことにしていたんです」

「えっ……！」

角は魔力の源だって言ってたじゃないか。角を失ったら、ロイは……。

噴水に引っかかってたウーディブの姿がよぎる。

「何とかなりませんか。角に代わるもの……何か」

俺のせいで、ロイがあんなことになってしまったら。

うーん、とエルフが首を傾げた。

「そうは言っても、一本はもうもらってしまいましたから」

はっとしてロイの前髪をかき上げた。

右側の額に、大きくえぐれたような傷跡がある。

「――そん、な」

俺のせいで。

痛々しく見えるそこを、そっと触ってみる。

「痛い……？」

「もう痛くねえよ。そいつが乱暴にむしり取ったから、傷が大きくなっただけだ」

ロイはにっと笑った。

いつもの笑顔に胸が熱くなる。

「ロイ様……」

ひょい、と抱き上げられて、目線が一緒になる。

「帰ろうぜ、凛都。俺達の屋敷に。いいだろ？」

込み上げてくる感情を抑えきれなくて、俺はロイの肩にしがみついた。

「ロイ様……俺、ロイ様が好きだ」

ロイが肩を震わせて、固まったように動きを止めた。

「俺、これからも、もっとロイ様といたい。心通わせて……、ぐえっ」

あまりにも強い抱擁に、その先が言えなくなった。

「く、くる、し……」

「リン……リン！　凛都！」

ぎゅうっと抱きしめられ、ロイが、喜んでいるのを感じて。俺も嬉《うれ》しくなった。

「愛している、凛都。俺の唯一の、伴侶《はんりょ》になってくれ」

「うん。俺も、ロイ様の唯一になりたい。俺にはロイ様しかいないから」

ロイはまた強く俺を抱きしめた。


エルフの厚意で転移術を使ってもらい、俺達は一瞬にして屋敷前の門まで辿《たど》り着《つ》いた。

転移術っていうのはとても精密な魔法で、エルフくらいにしか使えないんだって。

それを惜しみなく使ってくれて、あのエルフには感謝しかない。

あそこはエルフの森だって言ってたけど、結局外は見なかった。

そういえば名前も聞き忘れた。

ロイはそれなりに付き合いがある、って言ってた。

部族長同士、それぞれに交流はあるらしい。服はエルフにもらったけど、靴はなかったので、俺はロイに抱かれたまま門をくぐった。

どんな顔をしてみんなに会えばいいんだろう。

そう思うと、緊張してきた。

「普段通りでいい」

密着してるから、俺の体が緊張しているのがわかったらしい。ロイがそう言ってくれたが、やっぱり緊張は解けなかった。

「でも、みんなに迷惑かけて……」

「無事戻っただけでみんなは喜んでる。元気な姿を見せれば、それでいい」

ロイがそう言った通り、屋敷の人達は拍子抜けするほどいつも通りだった。

「おお、リン、お帰り！　――ちょうど咲いたんだ、ほら」

そう言ってローエンが花をくれた。

「ありがとう……ただいま」

ローエンはいつものようにじゃあ、と言って離れて行く。

今度は向こうの方から、走り込みしてる騎士団員達が手を振って声をかけてきた。

「リンー！　お帰りー！」

何人かに手を振り返す。

そんな調子で、次々と出会う人はいつもより多いから、顔を見に来てくれてるのかな、と思うが、それでも、みんないつもの挨拶《あいさつ》をしてくれる。

あったかいな。

屋敷に入るとカーターがいつも通り立っていた。

「カーター様」

「お帰りなさい。何か食べますか？」

「ううん。心配かけて、ごめんなさい」

「元気で帰ってくれたのなら、なによりです」

「俺……もっとちゃんと、頑張るから」

「ちゃんと、健やかでいてくれたら、それでいいですよ。元気になったら、また私の仕事を手伝ってください」

カーターの台詞に、涙が出そうになった。鼻がツンと痛くなって、俺はただ頷《うなず》いた。

「――お疲れのようですね。寝室へどうぞ」

「ああ」

「ご主人様……角、一本で済んだんですね」

カーターがほっとしたように言った。

「ああ。お前に侯爵位渡したかったのにな」

「やめてくださいよ」

「角……ごめんなさい。俺のせいで」

「もともとありえない魔力量だったんですよ。ちょうどいいくらいになったんじゃないですか？」

「お前なあ……」

軽口を叩《たた》きながら、じゃあな、と言ってロイは寝室へ向かった。

いつもの部屋に帰ってきた。

帰ってきた、という気がする。

俺は深呼吸して、ベッドに突っ伏した。

「ああ……ほっとする」

「そりゃよかった」


「お前に渡しとくものがある」

そう言ってロイが出したのは、家族の写真。

「あ、これ……」

「ちゃんと身に着けてたぞ」

傷一つない。流石は保存魔法というやつだった。

良かった。

「ありがとう」

そしてもう一つ、と見せられたのは。

指輪だ。

そういえば、と自分の指を見ると、一角獣の指輪がなかった。

「あれは、見つけた時にはもうなかった。多分砕けたんだろうな。負荷がかかりすぎて。あれしてなかったら即死だったと思うぞ」

そうだよな。今思えば、とんでもない高さの滝だったもんな。

しかも指輪を外し忘れるって……俺、やっぱまともじゃなかったな。

今度は赤い指輪だった。

「ロイ様の、眼みたいな色」

「嫌なら言ってくれ。——俺の核だ」

「核……？」

「伴侶に渡す、俺の魂の半分みたいなもんだ。一角獣のような治癒能力はないが、つけてる間、俺の魔力が流れてお前を纏《まと》う。——そしたら、お前の居所がわかる」

ロイは俺の手のひらにそっと唇をつけた。

「嫌なら、違うのにする」

俺は左手を差し出した。

「欲しい。ください」

ロイは嬉しそうに目を細めて、ぎゅっと俺の指にそれをはめてくれた。

ふわりと、ロイに抱きしめられている時のような温かい感覚があった。

「あったかい」

「大切にする。お前のこと」

「うん」

今でも十分大切にされてると思うけど。

抱きしめられて、唇を重ねる。

――あ、久しぶりだ、この感じ。

ロイの分厚い唇の感触が軽く自分の唇に触れていく。

すごく長い間、それをしていなかった気がする。

俺は懐かしさに、ロイの首に手を伸ばし、膝《ひざ》立ちになって身を乗り出した。

自分からロイの口の中へ舌を差し入れ、熱い舌に絡めた。

ロイはすぐに応じ、ゆっくりと舌に巻きつき、上顎《うわあご》を舐《な》め取り、歯列をなぞり、余すところなく味わうように動く。俺もそれに必死で応えた。

長くお互いに舌を絡ませ、どれくらい経っただろうか。

「――――?」

いつもの興奮がなくて、ふと不思議に思う。

もちろん長いキスで俺の前は勃ち上がりかけてるくらい、すでに興奮しているんだけど。

キスだけで蕩《とろ》けそうになるまでは同じ。でも手足に力が入らなくて、訳がわからなくなって——という
ことはない。

「どうした？　何考えてる」

すっかり濡《ぬ》れた俺の唇をペロリと舐め取り、ロイが窺うような目を向ける。

「どこかつらいか？」

「なんか、いつもと違う感じで。こんなにしてるのに、頭クラクラしないし」

「あー、媚薬《びやく》の魔力が流れてないからか」

「え……」

それって、ロイの調子が悪いから？

急に不安になった俺の頬にロイがちゅ、とキスをした。

「物足りなかったか？　流してやろうか」

「そうじゃなくて。——魔力が少なくなったから？」

「それもあるな。今までは止めるのに努力がいったのが、今は意識して送り込むって感じだな」

「そんな……」

「がっかりするなよ。ちゃんと気持ちよくしてやるから」

そう言ってあっという間に服の中に手を入れてくるロイを俺は慌てて押しやった。

「だから、違うって。他には？　何か変わったの？」

「どうかな。魔獣狩りに行けばわかるかもな」

そんなもんなのか。わからないのか。

「あーでも、魔力が漲《みなぎ》って熱苦しくて、なんでもいいからぶっ壊して放出したい——って衝動が、ちょっとましかもな」

それはいいことだ。

というか、そんな衝動をいつも感じてたんだ。俺の横にいた人、すごい危険人物じゃん。

しかもちょっとマシな程度。

「お前の場合、同じ魔力で覆われてるからってのもある。だからそんな心配すんな。俺の力がそこまで減ったわけじゃねえよ」

言われて俺は指輪を見た。

ロイの魔力が、俺を覆ってくれている。

「ほら、舌出せ」

言われて反射的に舌を出す。ロイはそこに甘噛《あまが》みするように牙《きば》を立てた。確かに傷はつかない。そしてまたゆっくりと舌を絡める。

「せっかくだからな。今日は素面《しらふ》でやってみるぞ」

そう言って急にがっつくように舌を舐め取り、吸い取って絡ませ合う。

「んっ……っふぁ」

口づけながら俺の足の間に膝を進めてくる。

ぐっとロイの膝が俺の股《また》に当たって、どきりとする。ロイの両手はあっという間に俺の服を脱がせた。

軽く押されて、とすん、とベッドに仰向《あおむ》けになる。

背中にベッドだから後ろに下がることもできず、ロイが上からゆっくりとまた唇を重ねた。

「ん……ん、んぁ」

ロイの大きな指が胸の突起を転がすようにしている。かりかりと刺激して、時折ぐっと押されて。

俺はたまらなくなって身を捩《よじ》ろうとするが、口づけが深くてなかなか思うように動けなかった。変な声が漏れるだけだ。

「はっ、はあっ……」

ようやく唇が離れて、必死で息を整えようとする。

ロイの舌は長くて、喉《のど》の奥まで届いてくる。それに応えるだけでももう精一杯だ。

俺を見下ろすロイの赤い眼は欲望に揺れている。俺の唾液《だえき》のせいもあって濡れた唇を、ぺろりと赤い舌が舐め取っている。それを見ると俺もまた興奮してぐん、と前を張りつめさせてしまう。

ロイは俺を見下ろしながら服を脱いだ。

俺は目を離せないでいる。

ロイがゆっくりと俺のズボンを脱がせると、すでに勃っている俺のものがプルン、と跳ねて出て来る。

「ちょ……これ……」

めっちゃくちゃ恥ずかしい。

顔に熱が集中するのがわかる。

こんな、頭がはっきりした状態で見られるのは初めてかもしれない。

ロイと目が合う。ロイが少し驚いたような顔を一瞬して、はあ、と大きな息を吐いた。

ずる、っと軽々俺の下半身をベッドから降ろさせ、その足の間に床に座る形でロイが入る。

いやいや、待って！　更に丸見え。

慌てて起き上がろうとするとロイが両方の太ももを持ちあげた。

足が上がるから体が起こしづらい。

「ロイ様、やっ、それ……」

お尻《しり》の穴まで見えてる！

「リン。そんなに恥ずかしがってたら、組み伏せて無理矢理やりたくなるだろ……」

はあはあと息を荒くしてロイが低い声を出した。

顔が近づいてきて、その熱い息が後ろの窄《すぼ》まりにかかる。

まさか。

その予想にぞくぞく、と背筋に駆け抜ける感覚。

ロイの熱くぬるついた舌が、ぐっと後ろの孔にゆっくりと入ってきた。

「はっ、や、あ、あぁぁぁ！」

指よりも柔らかくて、濡れて滑るそれは、浅いところをぐるぐると刺激し、少しずつ奥に入ってくる。

あまりの衝撃に無意識で上へ逃れようとするのに、ロイの手がそれを許さなかった。しかもロイの手は太ももの下を通って俺の胸へと伸ばされ、両手でコリコリとすっかり固くなった突起をつまんだり転がしたり刺激を始めた。

胸の刺激と後孔の刺激、どちらもあまりに強烈で、俺は一気に前を昂《たかぶ》らせた。

「はあっ、あ、ああ、んぅぅぅっ」

舌がぴちゃ、と唾液を押し込むようにしながら、奥へ奥へと進み、回転しながら、ぐりぐりと全体を刺激していく。硬いいつものロイのもので圧迫されるのと違って、緩やかに甘く快感を押し広げられていくようで。

「あっ、だ、だめ、も……ん、んんっ……！」

くちゅ、くちゅ、と信じられない音が自分の孔からしている。わざと水音を立ててるんじゃないかというくらい部屋にその音が響いて、俺は更に恥ずかしくて手を握りしめた。

ロイがあまりに激しく舌を入れるから、ロイの鼻が、玉のところに当たってる。それを想像できてしまって、更にいたたまれなくてぎゅう、と後ろを締め付けてしまった。

ちょうど乳首もぎゅっとつままれ、更にびく、びくと締めてしまう。

「リン……締めすぎて、押し出される」

「やっ、そ、こ……しゃべらな、で――っ」

声を出されると息だけじゃなくて、なんか、響く……。

また舌を入れられて、乳首をこねたり、カリカリとされたりして――。

「あ、っは、あぁぁぁっ」

足をぴん、と伸ばして、あっけなく俺は達した。

びく、びく、と前から精子をこぼしているそこを、すぐにロイの口がすっぽりと咥《くわ》えこむ。

「あ、だめ、それ……いったから、あぁ……！」

いったあとすぐの刺激は、強烈すぎて、つらい。

涙のにじむ目で見るがロイは全く止まりそうになかった。それどころかそこをちゅう、と吸い上げる。

「ひっ、あ、んあぁ、あ」

もう喋《しゃべ》ることもできず声を上げるだけ。ロイは胸を弄っていた片手をするするとお腹のあたりに滑らせ、今度はぐ、と押し込んだ。

「……？……？？」

なんだ？　この感じ。

ずくん、とお腹の奥の方から、変な、熱くて重たくて、たまらない感じ……。

ロイのもう片方の手が、咥えこんだペニスの下へ伸びる。ペニスと肛門《こうもん》の間、そんな誰にも触れたことのない場所を確かめるように親指がすりすりと撫《な》でて――。

ぐ、っと押し込む。

「んあっ、っふ、ふあっ……なっ、なに、な……」

混乱して俺は必死でロイを見るが、ロイは相変わらず俺のペニスを咥えてこちらを見てくれない。

お腹と、会陰から前立腺《ぜんりつせん》を押しつぶされ、ペニスを舐めまわされ、大きな口にすっぽりと覆われて――。

「あ、ああっ、やっ、だめ、これ……だ、んやっ、あ、あああ!」

ぎゅう、っと全部を押されて、搾り取られて……。俺は二度目の精をあっけなく放った。

放っても快感の波は少しも引かず、びく、びく、と体を震わせながらお腹がどんどん熱くなっていく。

「ロイ様……へん……んあっ、ど、しよ……俺、おかし――」

「おかしくない」

ようやく口を離して、ロイはにっと笑った。

「気持ちよくなれて、偉いな」

そう言ってロイもやっとズボンを脱いで、己のものを俺に見せた。

もうすっかり硬くなって、反り立っている。

つい釘付《くぎづ》けになって見入っていると、ロイは俺を抱えてベッド横に立たせた。

ベッドに手を突き、床に立つ。

背後からロイがそっと下腹部に温かい手を添わせた。

鼓動がどんどん速くなっていく。

早く、はやく……。

ぴたりと当てられたそれが、ゆっくりと中に挿入ってくる。十分に濡れたそこはじゅぷ、と音を立てて広がっているのがわかる。

ロイの手がぐっと下腹部を押して、ごり、と外側から圧迫してくる。

「――？　っ、そ、れ……だめ」

俺の台詞が聞こえているはずなのに、ロイは止まらず、押し進み、圧迫し、を繰り返す。

「っは、あ、あああぁ」

あまりにもすぐに俺はぎゅうう、と後ろを締め付け達してしまう。全身が痙攣《けいれん》してびくびくと跳ねる。

「もっとだ」

「……っ？　――む、むり……」

ロイはまた抜き差しを再開した。

ごり、ごりと奥を突かれる度、体がイってる。つらすぎる快感の連続にもう立っていることもできなかった。

「やっ、や、あぁぁあ！」

もうやめてくれ、と抗議するのに、ロイは止まってくれない。

ロイのペニスの先端と下腹部を押さえる手が、前立腺だけじゃなく、膀胱《ぼうこう》も圧迫して、そこがじんじんと熱くなって。

「だ、だめ、あ、でちゃう……止まって、とまっ――」

暴れようとする俺の体をうまいことすっぽりと抱きしめて、ロイは動きを激しくした。お腹をぐう、っと圧迫される。

ひどい。嫌だって、言ってるのに。

射精感だけじゃない前に集まるその感覚に、俺は今までにないくらい後ろを締め付けて耐えようとした。

「――っく、リン、締めすぎだ……」

お腹を押していない方の手で、ロイがぎゅうっ、と乳首をつまんだ。

びりり、と電流が走ったように体が跳ねる。その一瞬の油断の脱力した隙に、ロイがぐぐ、っと押し進めた。

「は、あっ、あ、あああああぁぁぁぁぁ!!」

我慢に我慢を重ねた後の、とてつもない快感の波。

射精以上に膨大な痺《しび》れるような絶頂と共に、俺は大量に潮を吹いた。

「――――っく」

ロイも巨大な楔《くさび》を俺の奥に押し付けながら精を放つ。

粗相をしたショックで俺は力なくベッドに倒れ込んだ。快感がひどすぎて、まだ少し痙攣する体で、何とか息を整える。

「どうだ？」

上機嫌なロイの声が上から降ってきた。

「媚薬《びやく》がなくても気持ちよかったか？」

答えることもできずにいる俺に、ロイは続けた。

「ん？　――だめか？　よし、じゃあ次は」

「――いい加減にしろ！」

俺は最後の力を振り絞って手近な枕を投げつけた。

【閑話】アイスを求めて三千里

「アイン！」

ノックなしでアインの部屋を開ける。いつものことなので、アインも俺の方を見もしない。

いつもなら仕事をしている時間だが、リンが寝込んでるからしばらくは俺は休みだ。

アインはそんな俺と違って忙しい、と言わんばかりに手元の書類を整えている。

「なあ、アイスってなんだ」

「知りません」

アインでも知らないのか。

まあ、おかゆの時も知らないって言ってたからな。人間のことは本当によくわからない。

「じゃあ――」

「行きませんよ」

「何だよ。まだなんも言ってねえだろ」

ここまで来てようやくアインが手元の書類を置いた。

「アイスを仕入れて来いって言うんでしょう。嫌です」

ここまできっぱり断るのも珍しい。

大体は、文句を言っても一応家令だから、と従うというのに。

「米の時も夜中に私を起こして仕入れて来い、と丸投げでしたよね。調理法も」

そうだったか。

「家宝を出したせいで、私はその事後処理で忙しいんです」

返す言葉もない。

まあでもその仕事を代わってくれるって言うんだったら、いっちょ行ってくるか。

ふと、おかゆを食べた時のリンの顔がよぎった。

あんなに嬉《うれ》しそうな顔をして……アイスとやらも、きっとものすごく喜ぶだろう。

「わかったよ。――ちょっとアイス探しに行って来るから、リンのこと見といてくれ」

「よろしいのですか？　今このタイミングで」

「どういう意味だ」

「あれほど意気消沈しているリンを放って行ってよろしいのですか、という意味です」

だからアイスを取りに行くんだろ？

アインがはあ、とため息をつく。

「側にいて、慰めの一つでも仰《おっしゃ》った方が、アイスとやらを探すよりよろしいかと思いますが」

アインは難しいことを言う。

「言うべきことは全部言った」

アイスとやらを食べさせたら、また元気になるだろう。

「…………」

なんだ？　言いたいことがあれば言えばいいだろ。

だがここでアインに構ってる暇はない。

「まあ、王都に行けばすぐ見つかるだろ」

「だといいですが。見つからずとも、明日には帰って来てください」

はいはい、と返事して俺はすぐに出発した。


王都でたまに顔を合わせる知り合いに聞いても、知らないと言われる。

たまにと言っても、部族長会議が行われるのは四年に一度。俺もまだその会議は二度しか参加したことがない。

王都を訪れても話をしたことがあるのは亜人ばかりだ。人間の知り合いなんて……。

「ヴェルデ侯爵……困ります！」

一々面倒なので、見張りは無視した。

俺は急いでいる。王宮はどこも、取次ぎを依頼すれば半日は無駄にすることになる。

「侯爵閣下……！　ど、どちらへ！」

大股《おおまた》で歩いて行けば、そいつは小走りでついてきた。

「えーっと、何だったか……宰相の」

「スペイサー宰相閣下でございますか？　お、お待ちを！」

王宮の廊下は相変わらず長い。

人間がほとんどだが、誰もが遠巻きにこちらを見ている。

何とか後をついてくる見張りも顔は真っ青だ。怖いならついてこなければいい。

「案内は不要だ。場所はわかる」

「そっ、そういうわけには！」

辿《たど》り着《つ》いた扉の前で、一応ノックをする。返事はない。

「邪魔するぞ」

「帰れ」

こちらを見もせずに言われ、ドアを開けたまま、一瞬考える。

さっきもこんなことあったな。アインと気が合うんじゃねえか。

「いつでも来いと言わなかったか？」

「社交辞令だ」

「手間は取らせねえよ」

この王宮の宰相職をしている男だ。まだおそらく三十代半ば。俺が初めて部族長会議に来た時に、自分も初めての部族長会議だと言っていた。

『――鬼人の方は初めてお会いしますが……私は部族間の溝など、取り払えると信じています。大切なのは対話です』

意気揚々とそんなことを語っていた。俺に握手を求め、握り返してやると痛かったのか、必死で耐えるような顔をしながら、無理に笑みを浮かべていた。

『同じ侯爵家同士ですし、困ったことがあればいつでも訪ねてきてください。これを機会に、もっと部族間の交流を図り、この国をもっと豊かにしたいのです』

そう言っていたのに。

あれから……十年か？

随分そっけなくなったな。別人みてえじゃねえか。

「困ったことがあれば頼れと言ったよな。人間は嘘つきか」

「――では、私の名を言えたら話を聞いてやろう」

「あー……」

何だったたか。さっき兵士がなんか言ってたよな。

一歩ドアから下がって姿を探せば、かなり離れたところに控えている。

手招きしてそいつを呼べば、きょろきょろしながら近づいてくる。

お前だよ。早く来い。

「――何か」

相変わらず顔色が良くないな。こんなのが兵士で大丈夫か王宮《ここ》。

「あいつの名前を教えろ」

「わ、わたくしなどが御名を口にするなど……」

「そういうのいいから、早く言え」

いや、しかし……と悩む様子の男に苛立《いらだ》つ。

「なあ、優しく聞いてる間に言えよ」

「ああアルフレッド・スペイサー閣下です」

よし、わかった。

気を取り直してもう一度部屋に入る。アルフレッドは先ほどと変わらず書類に何かを書いている。

「アルフレッド、ちょっと教えて欲しいんだが」

カン、と鋭い音をさせてペンをインク壺《つぼ》に投げ入れた。

「気安く呼ぶほどの仲だったか？　我々は」

「何が気に入らねえんだ？」

銀髪をきゅっと後ろで一つにくくり、神経質そうに眉間《みけん》にしわが寄っている。

青い眼は人間で言うと血統の良い証《あかし》らしい。こいつの目は薄い青色だ。

「十年間、ほとんど会話を交わしたこともなかった者が連絡もなく突然訪ねてきて、にこやかに迎え入れられると思うのか？　相変わらず鬼は傲慢《ごうまん》だな」

何を怒ってんだこいつ、めんどくせえな。忘れてんのか？

俺はできるだけ当時のアルフレッドの声音を再現した。

「私は部族間の溝など、取り払えると信じています。大切なのは対話です」

ガタン！　と大きな音を立てて、アルフレッドが立ち上がった。

パクパクと口を開け閉めしている。顔が真っ赤になってるぞ。

思い出したか？

「あとは、なんだっけ……部族間の交流を図り、この国をもっと豊かに――」

「やめろおぉぉぉぉ！！！」

なんだよ。すげえ声だな。

流石の俺もびっくりする。

扉が開いて兵士が慌てて入ってきた。

「か、閣下！　如何《いかが》されましたか」

「な、なななんでもない。出て行け。機密事項だ話が聞こえないところまで下がれ」

「機密？　いや、俺はただ――」

「黙っ、黙れっ！　今すぐその口を閉じろ、話を聞いてやるから！」

口を閉じたら言えねえじゃねえか。

言ってることの意味がわからず首を傾げるしかない。

兵士が出て行ったのを確認してから、アルフレッドはまだ赤い顔で応接用の椅子に座った。

しきりに汗を拭《ふ》いている男の前に俺も座る。暑いか？　まだ夏は先だが。

「お前、私の黒歴史を……」

「なんだ？　相変わらずうるせえ奴だな。初対面でも――」

「黙れ！　――ああ、もう、これだから嫌なんだ、鬼人は！　私が嫌がっているのがなぜわからない」

どのあたりだ。

「まだ宰相になりたての、世間を知らない青二才の世迷言だ。せっかく忘れていたのに。最悪な気分だ」

「ああ、お前もやっと気づいたんだな。部族を一つにまとめるなんて無理だし、そもそも無意味だって」

人間どもは無理だって笑ってた。他種族は、無理だなんて言わねえけど、そもそも一つにまとまる意味が感じられないから無視してた。孤立しながらも数年は必死でまとめ上げようと奮闘していたようで。関心がなかったから、いつの間にかやめたんだな、くらいにしか思っていなかったが。

「たとえそれが真理であっても敢《あ》えて言う必要があるか？」

「聞いてるだけだろ。何カリカリしてんだ？」

こんな奴だったか。近頃は随分落ち着いてきたなと前回の会議で遠目に見た時に思ったのに。

風の噂で冷徹宰相なんて言われてなかったか。

まあ、どうでもいい。

「なあ、いい加減本題に入ってもいいか」

「そうだな、私も、十年間全く音沙汰《おとさた》もなく、私が一緒にあれこれしようといった申し出をすべて蹴《け》っていたお前が、今更何の用事で私を訪ねてきたのか、興味がないわけではない。聞いてやろう」

青筋が浮いてる。

俺はやっと本題に入ることにした。

「アイスって知ってるか」

「…………」

今度は固まった。

聞こえなかったのか？

「なあ、アイス——」

「聞こえている」

「じゃあ返事しろよ」

「まさかとは思うが、これだけ騒いでおいて用事はそれか？」

「騒いでたのはお前だろ？」

アルフレッドは深呼吸して息を整えていた。

「本当に用件はそれだけか？」

「ああ」

「部族長会議以外では王宮どころか王都にすら来ないお前が、アイスが何だと聞きたいだけのために、兵士達の制止を振り切り、取次ぎもせずここへ来たのか」

なんだよ。まだるっこしい。

「お前、話がくどいって言われないか？」

「言われない。——私は今、なぜ鬼人と人との交流が難しいのか、身をもって実感しているところだ」

「へえ。そりゃよかったな」

よくわからねえけど、アイスが何かを知っていそうなので適当に相槌《あいづち》を打っておく。

「——で、何なんだアイスってのは」

「その前になぜ私に聞きに来たのかを知りたいんだが」

「亜人はみんな知らねえって言うんだよ。人間も、何人かは聞いてみたんだが知らねえって」

渡り人がもたらした食べ物で、製法が難しいのであれば王宮の中枢の人間しか知らないだろうと予測した。

「菓子を食べる習慣のないお前らが何でアイスなんかを……」

渡り人云々《うんぬん》の話は、ややこしくなりそうだからリンのことは言わない方がいいだろう。

「ちょっと——手のかかる奴がいてな」

はあ、とアルフレッドは大きなため息をついた。

「アイスは、ミルクと砂糖を混ぜて凍らせたものだ。氷菓になるから、今の時期作るのは難しいと思うが」

「凍らせる……」

氷魔法の使い手に知り合いはいない。

「王宮の料理人からレシピをもらったらいい」

そう言ってさらさらとメモに、料理人への伝言を書いてくれる。

「ありがとな」

「ああ。もう二度と来ないでくれ」

「そう言わずに、また聞きに来るわ」

こいつなら色々と知ってそうだ。

「やめろ。利にならない付き合いなど、必要以上にするつもりはない」

ふうん。

俺は率直な感想を口にした。

「お前……随分面白くない性格になったなあ」

アルフレッドは悔しげに眉《まゆ》を寄せる。

「お前に……何がわかる！　忌々しい……！」

ずっと怒ってるなこいつ。

まあ、仕事が多いと苛々《いらいら》するもんだからな。

「あー、わかったわかった。この前依頼が来てた小麦の関税の件、通しといてやるよ」

「――本当か」

「ああ。別にいいけど、鬼は小麦なんか食べねえから、税金を下げようがそんなに売れねえと思うぞ？」

小麦の関税を引き下げて欲しいと言われていた。めんどくさいから放置していたやつだ。

何回か打診が来ていたから、なんか困ってるんだろう。

「今年は小麦が余って、価格が暴落しているんだ。少しでも流通が動けばそれでいい」

ああ、そういうことか。

「だったら家畜の餌に買ってやる。挽《ひ》かずによこせ」

鬼は小麦を食わないが、家畜は膨大な数を飼育している。家畜には大量の穀物を必要とする。食物としての肉は魔獣を狩ることも多いが、一定数家畜を世話している者もいる。高級品だ。

「――っ、いいのか⁉」

「希望に沿う金額が出せるかはわかんねえぞ。細かいところは担当者と話せ」

「いい。構わない。今まで皆無だった取引があるだけでも」

「おう。――良かったな、『部族間の交流』できて」

にや、と笑ってみせると、アルフレッドは破顔して、力が抜けたように背後にもたれた。

「お前は……そういうところ……ほんと憎たらしいな」

「お前も――」

同じ人間でもリンとは似ても似つかねえな。

可愛さが欠片もない。

「私も？　なんだ」

「人間ならみんな可愛いってわけでもねえんだな」

「きっ、気持ち悪いことを言うな」

俺はさっとメモを受け取って立ち上がった。

長居は無用だ。

「――じゃあ。またなんか聞きたいことがあったら来るわ。小麦のことは、また書類送っといてくれ」

有力な情報が得られた。

やっぱり人間のことは人間だな。

問題は、氷だ。

北方の山岳地帯へ行けば氷はまだある。

レシピを見てみれば、作ることはできるだろう。

だが……毎回氷を取りに行くのも時間がかかる。ドラゴンを飛ばしても丸一日かかってしまう。

氷の魔法の使い手を探すにしても、ヴェルデ侯爵領に来てくれるか怪しい。氷の精霊を捕獲しても、飼育が難しい。

あとは……魔石だな。

氷の魔石は鉱山からとれるものはさほど強くない。凍るほどではない。

俺はルーラックで一旦《いったん》屋敷に戻り、訓練場のリューエンに会った。

「なあ、強い氷の魔石といえば？」

「なんだ藪《やぶ》から棒に」

もう夕方になっている。そろそろ訓練を終わりにしようと片付けに入っているところだ。

リューエンは木刀を十本抱えたままルーラックの上の俺を見上げた。

「リンがアイスが食べたいって言うんだ。それには凍らせる必要があってな」

「凍らせるほどのっつったら……魔獣だな。一番強い魔獣……フロストドラゴンくれえしかねえだろ」

昔見かけたことがある。

「俺がとってきてやるよ」

珍しく腰が軽いじゃないか。

一瞬頼もうかと思ったが。

「んで、俺がリンにアイスを届けてやるんだ。あいつほんと可愛い顔するからなあ」

へらへらと顔を緩ませるのを見ると、なぜか苛立つ。

「いい。俺が行ってくる」

「今から行くのか？　夜になるぞ」

それには無視をして、俺は一直線に山岳地帯を目指した。

目的の場所に着く頃にはすっかり夜更けになっていた。

ルーラックに協力してもらいつつ探し回って、フロストドラゴンを見つけたのが明け方。

空から見つけた時には思わず雄叫《おたけ》びを上げた。

ルーラックから飛び降り、その加速のまま最大級の魔力を放ち、戦闘を開始した。

――結局、ドラゴンが力尽きてその頭を地面につけるまで、一時間近くかかってしまった。

やはりドラゴンと言うだけあってかなりの強敵だった。

魔石を取り出し、急いで屋敷に戻るともう夕方になっていた。

「うわっ、ロイ様なんですかその格好！」

料理長のフォーチャーにレシピと魔石を渡すと、フォーチャーは厳つい顔を痛々しそうに歪《ゆが》めながら、とりあえずレシピを受け取った。

「どれくらいでできる？」

「んー、まあ三時間くらいかな」

「おう、頼む」

「ねえ、早く手当してもらってくださいよ。見てらんないわ」

「そうか？　もう治ってるぞ」

「じゃあせめて着替えたら？　そんな血まみれで歩かれたら、リン君なんて卒倒すると思うよ」

戦闘中、何度か体を凍らされた。それで動けなくされたから、フロストドラゴンの爪を十分避《よ》けられなかった時がある。

傷はもう塞《ふさ》がったが、一番ひどい腕の傷からかなり出血をしたせいだろう。服は泥と血に塗れている。

アイスができるまで大人しく風呂《ふろ》に入って仕事を片付けてくることにした。


出来上がったアイスを手にリンのところへ行く。

「アイス……あったんだ」

生気のなかった顔がふわっと上気する。

元から幼く見えるが、そうすると更に幼く見え、抱きしめて撫《な》でまわしたくなる。

すくってやると、パクリと食いつく。

なんだこの、可愛い生き物。

鳥の雛《ひな》みたいだ。

こんなのを続けてたら、襲ってしまう。アイスの冷気で赤く色づいた唇を、貪《むさぼ》るように舐《な》め尽くしてしまう。

俺はリンにスプーンを渡した。

夢中で食べてる。

可愛いって、こういうのを言うんだよな。

胸が熱い。

食べ終わったところを口づけ、舌を差し込む。口の中はひやりと冷たくなっていて、どこもかしこもいつも以上に気持ちいい。

——だめだ、また抱き潰《つぶ》しちまう。

俺は慌てて離れた。

目に入ったリンの唇が、赤く誘っているようで、その濡《ぬ》れたところを名残惜しく舐めとる。

「甘ぇな」

アイスだけじゃない、リンの甘さに俺の方が酔ってしまいそうだ。

背中を向けてしまったリンを見ても、俺は口元が緩みっぱなしだった。

リンはアイスをいたく気に入ったようだった。

ほらな。アイスがあれば解決するんだ。
——その時の俺は、まだそう思っていた。
リンの心の傷に気が付くのは、まだ先のことだ。

/Ruby collection/

異世界《いせかい》で鬼《おに》の奴隷《どれい》として可愛《かわい》がられる生活《せいかつ》 1

2025年1月31日　初版発行

著者　サイ

発行者　山下直久

発行　株式会社KADOKAWA
〒102-8177
東京都千代田区富士見2-13-3
電話：0570-002-301（ナビダイヤル）
https://www.kadokawa.co.jp/

印刷所　株式会社暁印刷

製本所　本間製本株式会社

デザインフォーマット　内川たくや（UCHIKAWADESIGN Inc.）

イラスト　高山しのぶ

初出：本作品は「ムーンライトノベルズ」（https://mnlt.syosetu.com/）掲載の作品を加筆修正したものです。

●お問い合わせ
https://www.kadokawa.co.jp/（「商品お問い合わせ」へお進みください）
※内容によっては、お答えできない場合があります。
※サポートは日本国内のみとさせていただきます。
※Japanese text only

ISBN 978-4-04-115877-7　C0093　Printed in Japan